针藏

金 漆 针 箍 子

刘桂芳 著

山西出版传媒集团

三晋出版社

出版说明

为方便读者阅读，特对图书编排宗旨及编排分类作如下说明：

藏品图片　为更好呈现"针箍子"实物原貌，书中所呈现藏品图片基本为原大，仅极个别图片因排印需要，经过一定程度的缩小。

图书编排　书中藏品实物按绘画主题类别作大分类；每款藏品遵循"线描图—实物图—文字介绍"的顺序排列；文字介绍中所提及时间点均为藏品的收藏时间。

作者绘制的大量线描图可作为民艺制作的借鉴粉本。

序　言

·针藏　·　金漆针箍子·

张继红

　　壬寅之春，原晋兄和刘桂芳终于下决心，要将他们夫妻收藏多年的针箍子整理出版，这令我很是高兴。一个敞亮明媚的下午，原晋夫妇邀我到府上，观赏这些针箍子。200余件藏品按类摆开，图案有人物、有动物、有花草，林林总总，花样翻新，炫目动心。看完了，原晋兄说，书名定了，就叫《针藏》，命我为新书作序。这使我深感惶恐，对文物收藏，我是不折不扣的外行，但是，原晋兄之命不能不从。

　　刘桂芳，朋友们习惯叫她小刘，我也难改这个称呼。我知道，严格说来，这个成规模、多品种的收藏，是小刘自己坚持了近20年的成果，包含了她的心血和认知。平日双休的时候，一帮友朋，不分大小，无论高低，三三两两聚到原晋兄在南宫的博古斋，品茶，侃大山，其乐无穷。这时，小刘不免就将新收回的"针箍子"摆上桌面，供大家把玩品鉴，以助谈兴。我去得少，却也见过一些珍品。最醒目的，是一件鱼形针箍子，丰满结实，漆光泛出深红色，亮而不艳，虽然是民间创造，却有十足的富贵气象。众人看了，也都称赏不已。每当此时，小刘倒是没什么，只是浅浅地一笑，原晋兄最是开心，好像这全都是他自己收回来似的。

开头说了许多，还没有说到什么是针箍子。顾名思义，箍子，就是固定物品的物件；针箍子，当然就是用来装针的，俗称针线包。那么，有人不禁要问，针头线脑的东西，还要专门做一个套子装起来？装起来也就罢了，还要打扮收拾得多彩绚丽，究竟是为了什么？还有，这些针箍子是在哪里生产的？

这些疑问，也是我在博古斋初见针箍子时的想法。于是，我不免探过身子，询问一番。原晋兄也不客气，一口气道来，讲他们收罗这些小物件的经历。

起初，针箍子出现在太原南宫的地摊上，小刘眼好，一眼看到这件有趣味的物件，爱不释手，价钱也不贵，就收藏起来。那时候是 2005 年。不久，又看到一件，也好，越看越心爱。即询问摊主，此物何来？一问不要紧，也不远，就在太原北 100 千米的定襄县。定襄以前是常去的，在智村，有一个旧货集市，方圆几十里人们都来聚集。那时的眼光，不在针箍子上，当然就视而不见。事情就是这么怪，原晋兄和小刘专程去了，就有收获，一下收回好几个中意的。这么一来，小刘就天天想着针箍子，还特意做了笔记，这一件什么时候收来的，有什么特点，花了几块钱，诸如此类，格外上心。我想，收集文物一定要上瘾，有瘾才能与物结缘。这针箍子原来是女子们的用品，小刘更多了几分敏感和爱好。缘分就是这么来的。以后，两人一到智村集市上，那里的人就主动招呼，"又有针箍子了，过来看看"。

时间久了，小刘就纳闷，这些针线箍子产自哪里？一打听，就在与定襄相邻的忻县。忻县，就是现在的忻府区，忻州市政府所在地。说来也是我们原平之南的邻县，所以我对忻县并不陌生。这里，九原岗高卧于南，滹沱河缠绕于北，物华天宝，人杰地灵，金有元遗山，清有傅山，双峰并峙，名震全国。清朝至民国三百多年间，忻县到口外经商的人络绎不绝，不比崞县人少。商人多了，人们的生活就好一些。所以，乾隆《忻州志》载："迩来由俭入奢，直趋狡居，服装尚奢华，靡礼节，多务炫耀。"

话说回来，所谓针线活，在旧时，就是家居女子们的看家本领，谁家的女子做不了针线活，那是要被街坊笑话的。当地人还讲，这里的妇女出门，要将针线随身带上，手里拿着不方便，就别在胸口的位置。如此这般，做家务的大姑娘、小媳妇们，穿着光鲜的衣裳，出门要带针线，总不能只是别几根针，挂几缕花花绿绿的线吧，不怕别人笑话！于是，不知什么时候，心窍大开的人，就想到做一个针箍子别上，实用又好看。

针箍子怎样做？据小刘讲，也不难。其先要作胎，这是针箍子的骨架。

胎有纸、布、木头、皮之类，凡是可做到结实、里面能插针的材料均可。胎做好了，要画图，然后上漆。就这三部曲而已。然而，看了小刘收到的针箍子，一个是一个的样子，一个是一个的颜色，又觉得做好不易。其难处在发挥奇思异想，先要下足构图的功夫。仔细想来，构图创意的人，大概不全是做针箍子的师傅，或者开始就是做针线活的那个女子。她看别人佩了老虎，心想，我就要戴一条鱼。女子将她的想法告诉师傅，师傅就发挥想象力，在底胎上三笔两笔画出来一条鱼，然后再上漆。这一次的鱼，一定和下一次的鱼不能一样，不然，要样子的女子不会高兴。做久了，做工的师傅心头有了许许多多的构图，就像剪纸的老婆婆，她心里藏着多少新奇的图案，谁也不知道。看来，针箍子的图案创意，是定制的女子和做工的师傅双方完成的。于是，就出现葫芦、花卉、观音、儿童、鹊鸟、老虎、蝉、蝙蝠等，无穷无尽，各不相同。当然，这些图案不只是为了好看，还有美好的寓意。就以鱼而言，那条横着的大鱼，是游动着的鱼，象征"年年有余"；那个竖起来，三条鱼连贯着的，当然是寓意"鲤鱼跳龙门"；还有一条比目鱼，这是爱情之鱼，或者是新婚女子从娘家带来的。仔细看，比目鱼身上的鳞，像极了葡萄，抑或寓意了多子多福的意思。此外，还有双头鱼、猴子骑鱼、老人骑鱼之类，也许要的是天趣，不一定非有什么精确的含义。针箍子的画工也许不是画家，却肯定见过画炕围的，炕围上面花鸟鱼虫，应有尽有，照着画一个，一挥而就，笔道拙拙的，文人看了民俗意味很强。其实民间的画匠，就是要俗，俗到大俗大雅了，就是好东西。

画好，颜色也要好。询之，方知道画好的针箍子要覆盖桐油。我专门查了一下，桐油有生有熟。熟桐油无毒，呈黄、红，或黄红兼色。可以断定，这些针箍子上刷的漆都是熟桐油，颜色则是根据画面或喜好调配的。那一件大鱼，颜色深，几近于咖啡色，显得深沉大气。

记得原晋兄有一件上好的漆器，与这些针箍子一样的色调，底部写着清代乾隆年号。如此推断，忻县的针箍子，或许要有 300 年的历史了。有趣的是，这样的漆盘，在原平等地见过，风格近似，是用来端食品的，而针箍子却是忻县一地所独有，它们是晋北漆器艺术流派的一个特别支脉。在这些独有的针箍子上，我们或许看出忻县妇女们特殊的秉性，她们喜爱美好的物件，即使是小小的针线包，也要精心装饰一番，在互相夸示之时获取内心的满足，这恰巧验证了乾隆《忻州志》里"多务炫耀"的记载。在道学家们把持的旧社会，这种"炫耀"当然不是什么好事，然而，女子们的这些物件经过长久的使用，从她出嫁熬到奶奶级别，几十年间，携带在身上，这针箍子渐渐成为老朋友一般，用到油光发亮，当然不忍离弃；在她们的后人，看着就是传家宝，使后人联想到年关将近，慈母连夜赶制新衣，想到夏日的树荫下，女子们边做衣服边唠嗑的场景。看着这些针箍子，时间短的经过几十年，长的历经数百年，个别的里面还插着原来主人用过的针线，其中一定蕴含着无数的甘甜与辛苦，故事多多。这时，联想到先前看过的《中国民俗文物概论》，我想，这些当地人称为针箍子的针线包，正是传之已久的民俗文物，是地道的民间工艺美术产品，符合生产的地域性、制作的集体性、内容的娱教性等特征，还应该加上历史的延续性、审美的固化性，它们是百姓日常生活的艺术，是他们欣赏水准的直接呈现，因而有着很高的研究价值，而不止于把玩和娱乐。小刘和原晋兄，能孜孜不倦地、一件一件地收回这些历经劫难而含有历史温度的好东西，其行可佩，其情可感。尤其看到那个比目鱼，就会想到其中绵绵的情义，这不是原、刘两位多年相濡以沫、志趣相投的见证吗？

现在，一部看似俭朴、其实厚重的图书就要面世了。我深知，原晋兄是做书的高手，在我们这个行当里，那是颇著佳誉的。书的内容和设计，自然是一流的，不用我多言，谨以这篇小文表达对小刘和原晋兄合编《针藏》的衷心祝贺！

针箍子一项

·针藏· 金漆针箍子·

介子平

　　原晋、刘桂芳夫妇，皆我早年同学。原晋先生以古籍字画收藏见长，浸淫其间，卓有成效。二人夫唱妇随，琴瑟友之。多年后刘桂芳女士竟也独辟针箍子收藏一门，令人耳目一新。由此思考一个问题，男性收藏与女性收藏差异何在？

　　针箍子流行区域极狭窄，不过忻州定襄一带乡间。正因如此，关注者稀，藏品不入项目，刘女士对其产生兴趣，自有其独到的眼力。

　　针箍子乃民间技艺，成品于民间作坊，使用于妇女手底。但凡走民间路子的艺术，皆有其共同之处，即粗犷朴直，率真达观。年画如此，刺绣如此，皮影如此，针箍子也如此。因了这般特点，其气酣貌拙，似昆刀切玉，图案搭配也随意到了化境。寓意则非趋利即吉祥，与内蕴的文人情绪显然不在一个山头。这种山歌野曲般的腔调，多为士人所不屑，故而记录者少，研讨者也稀。至于针箍子确切起始于何时何地，哪朝哪代，俱无考。非民间艺术水准不高，只因与所谓的主流艺术形态，非一个审美标准。事过境迁，时移俗易，民艺渐为世人所注重。在国外，毕加索、马蒂斯等大家作品的灵感多源自民间艺术；在国内，各方面的艺术形式都在汲取着民间养分。民间艺术已非自生自灭状态，而登堂入室成为非物质文化遗产。

谐音、借代等象征喻义手法，乃针箍子形制惯用的表述方式。"金玉满堂"以两条金鱼代之；一只猴子骑立马背，则为"马上封侯"；一柄莲蓬，无疑是指"连生贵子"；狮背骑一童子，寓意"太师少保"；"吉庆有余"，一磬代之。另有蝠代"福"，瓶代"平安"，葫芦代"福禄"，石榴代"多子"，等等，已然其表述符号，约定俗成，心领神会。针箍子图案所蕴藏的寓意远比此丰富，只是有的尚未破解。

其制作工艺考究。就胎质而言，分纸胎、布胎、皮胎、木胎，纸胎中又分裱糊胎、纸浆压模胎。胎型塑造后，先刷底漆，再行描绘，或贴银箔，或描金粉，多数则是墨线描绘之。减笔写意，而能笔简意赅；畅神纵情，而能不拘法度。非驴非马，似猫似虎，似与不似间，充满想象。其神态，一在肢体姿势，二在头部表情，三在眉宇眼神，有了此般捕捉，何在乎笔粗笔细。于是乎笔笔有度，刀刀见形，而无气象局促、甜媚柔弱之相，不出几笔，便可具形。同样的洒脱放达，写意十足，同样的大气盘旋，不似之似，自心付手，曲尽玄微，自然迥出尘表矣。写意重在形易而神难，形者其形体也，神者其神采也。写意者，笔路起倒，峰回路转，起粗落细，急缓轻重。最后则罩以桐油。

根植于民间文化的土壤是日常生活，一旦离开了市井烟火、世俗式样，便会孱弱进惨白的真菌房，脱水成有待保护的文化遗存。年画褪色了，空白的墙壁被更高档的画框填充，戏剧迟暮了，遍布城乡的戏台挪作他用。如今针箍子也进入收藏品市场，说明女红已无人涉及。昔时，社会化生产程度不高，凡事自给自足，男耕女织，终日不歇。男子下田，手足勤劳，春耕夏锄，秋收冬藏，庄稼收毕，磐石脱壳，臼杵去糠，厨之釜，或为饭，或为粥。女人居内，操持家务，纺纱织布，裁剪缝纫，女红间隙，老小餐食，炊烟三起，饭之桌，闲时稀，忙时干。《木兰辞》开篇即曰"唧唧复唧唧，木兰当户织"，《孔雀东南飞》也说"十三能织素，十四学裁衣。鸡鸣入机织，夜夜不得息。三日断五匹，大人故嫌迟"。尺布来之不易，寸衣谈何容易。仅就一双鞋底而言，布屑粘糊，层层叠加，千针万线，密密麻麻。民国课本上有此情形："竹几上，有针，有线，有尺，有剪刀。我母亲，坐几前，取针穿线，为我缝衣。"初读，温馨不已，再读，潸然泪下。

消失的不仅仅是这些。古人司空见惯的常识，今人生疏如隔世，古人习以为常的风俗，今人外道如割裂，于是乎古书越来越难懂了，古文越来越难解了。今人还有谁时而对着苍天发问，对着厚土抒怀，并由此联想到混沌，虚悬于阴阳，进而转念万物。《礼记》中"天无私覆，地无私载，日月无私照"的博爱情怀，早已上升至哲学高度；刘长卿"风霜何事偏伤物，天地无情亦爱人"的宽广胸襟，是今人对着浅阅读的手机无论如何也吟诵不出的。一旦离开了日常生活，就像民间文化的鱼离开了等闲大众的水，这个比喻虽已为一个时期的人用俗用滥，但理还是这个理。日常生活其实已变得衍易无常，异乎寻常，会不断有各种始料不及的冷门因素注入，水中鱼的进化却赶不上水质迅速升高的污染指数。

宋时的李清照、赵明诚夫妇，是一对收藏伉俪。为了金石收藏爱好，二人新婚居汴京时，每遇初一、十五，当时在太学攻读的赵明诚必告假外出，典当衣饰，换取银两，再至相国寺庙会淘得一二碑帖拓片带回，然后夫妻二人共同品诗赏玩，沉湎其中，其乐无穷。家庭生活虽窘迫匮竭，精神世界却充实丰赡。据蒋一葵《尧山堂外纪》载："赵明诚与李易安平生同志。明诚在太学时，每朔望告谒出，质衣，取半千钱，步入相国寺，市碑文、果实归，相对咀嚼展玩。"原晋、刘桂芳夫妇，也是一对收藏伉俪。收藏之余，悠哉游哉，西部自驾游年年成行，遇佳景，当即更改程途，支起桌椅，铺上桌布，再摆上一个明瓷梅瓶，随手将折枝野花插入，坐至夕阳西下、大漠孤烟直。一月的计划，两个月尚在线路。线路之上，不废收藏之业，去年在喀什便收回十几大箱的维吾尔族印花木模。原先生对民间工艺品的关注，大概也是受到了夫人的影响。

正因有了刘女士这样一批人的守护，我等方能如此集中地见到如此纯粹的针箍子工艺品，从非物质文化遗产保护的角度讲，看过本书的人，都应向刘女士致敬。

是为序。

概　述

几千年来，男耕女织是中国古代家庭的自然分工方式。"一夫不耕，或受之饥；一女不织，或受之寒。"现实生活中，女性的生活用具种类繁多，收纳这些工具的器物受地域、风俗、材质、形制等方面的影响，都有不同的命名。仅收纳针线的器具就有：针线荷包、针线包、针线盒、针线篓、针线筐篓、女红盒、针葫芦、针箍子、针筒、针衣等，不胜枚举。已知最早的储针容器，根据考古发掘报告，是三星村遗址出土的新石器时代骨质针筒（图一），内有骨针数枚，现藏金坛博物馆（江苏省常州市金坛区西岗镇）。藏于云南省博物馆的立鹿青铜针线筒有 6 件，针线盒 3 件，筒内有无针鼻的铜针和丝线，出土于江川李家山战国古墓群（图二）。湖北省荆州博物馆藏有秦汉时期的刺绣针衣；甘肃高台博物馆藏有魏晋时期的丝质

图一

图二

针囊，囊内存针二枚（图三）；福建博物馆藏南宋黄升墓出土的褐色罗绣花荷包，内装针线；内蒙古自治区考古研究所藏有一件鎏花金针筒，出土于辽代陈国公主墓（图四）；清代的牙雕、漆器女红盒外销欧美，很受欢迎；民国时，银质针筒是时新货（图五）。随着历史的发展，针线包种类从材质、形制、品种不断增加，且各具时代特色。纵观历史，针线包形形色色，山西忻州的金漆针线包，却极少有过历史记载和相关研究。

　　山西自古就是漆器工艺发达地区，晋北大同北魏司马金龙墓出土的漆棺色彩艳丽，绘画生动，彰显了极高的工艺水平，晋中平遥的推光漆工艺自明清以来，享誉海内，晋南绛县的云雕和襄汾的镶螺钿工艺更是漆艺中的珍品。

　　然而，在晋北广大城乡，至今还遗存有大量的金漆工艺制成品，大件的有纸皮柜，日用品有捧盒、水食盒、拜帖盒等等，最小的就是我们要讲的针箍子，这些物件做工精细，造型生动，绘制精美，寓意深

图三

图四

图五

厚，可考证的有乾隆和嘉庆的年号，可谓历史悠久。可是遍阅有关山西漆器工艺的著述，只是大书特书平遥推光漆和绛县云雕，对晋北地区，准确地讲是忻州地区的金漆工艺及其制成品很少提及。视而不见？缺乏研究？其实这是忻州地区的一项珍贵的手工工艺和文化遗产，希望相关部门和专业人员对此进行很好的研究和保护，这也是忻州一张靓丽的文化名片。

金漆针线包在山西忻州地区被称为"针箍子"，它是忻州独有的，大致出现在清代中期，延续到民国，在改革开放后几十年里逐渐消失。漆器漂亮、耐用，又有耐潮、耐高温、耐腐蚀的特点，深受当地百姓喜爱。制作的同时也把他们的价值取向，生存智慧和生活情趣物化到了器物上，既有艺术巧思的设计，又有工艺美学的特点，花鸟鱼虫、飞禽走兽、神祇仙人、普通百姓，都是他们的设计素材，朴实唯美却又天马行空，他们把握得恰到好处，这些都承载着百姓对美好生活的理解与向往。

根据多年来的收藏实践和对藏品的研究和解读，

图六

以及文献查阅和大量田野调查，现对金漆"针箍子"作一基本介绍。

一、功能

（一）实用功能：在老百姓的日常生活中，针头线脑虽然细小，但却是姑娘媳妇们日常生活中必不可少的生活用品，她们或随身携带，或放在屋头，以方便及时处理各种状况。收纳起针线的同时也兼顾到了大人小孩的安全。

（二）装饰功能：旧时妇女无论穿着光鲜的绸缎大褂还是廉价的粗布衣裳，在大衣襟上都会戴一针箍子。除了方便使用的功能外，还是重要的衣服饰品。几个人在一起也要明里暗里比一比，看看谁家的媳妇巧，哪家的姑娘灵；公开私下斗一斗，谁的针箍子漂亮，哪家做得更精巧。其实这个过程也就是美的享受，对精神世界的追求。

二、制作材料

从现有的近二百余件藏品分析，针箍子的制胎材料主要有：纸、布、木、皮、纸筋。

（一）纸和布是生活中最方便得到的材料，废物利用率高，塑形也容易，所制器物造型生动，内容丰富，大多数针箍子都由这两种材料制成。

（二）木胎制作的针箍子塑形较难，故造型较为单调，由小型木料斫刻成型，漆器简单。由于胎质较硬，且不易制作，故绘画水平较高，部分画风很现代。

（三）皮胎制作的针箍子是针箍子中的高档品，塑形利落，画作和漆作的水平也很高，专业人士称"制作难度很高"。

三、器型

老百姓将丰富的精神生活和对美好生活的愿景都物化到小小的针箍子上，不得不让我们惊叹他们丰富的想象力和创造力，从我们藏品的造型和绘画内容来看，大致可分为以下几类：

（一）拟物

钟、元宝、花篮、银锭、长命锁等。

图七呈钟形，漆水上好，绘花卉图案，寓"终身富贵"。

图七

图八仿银锁造型，这个锁也叫长命锁，山西有在孩子 12 周岁送长命锁的习俗，是孩子的成人礼，期望他们长命百岁。

图九银锭形状，漆面斑驳，有明显历史遗留痕迹。

（二）植物

莲花、葫芦、寿桃、石榴、葡萄、佛手、花卉等。

图十莲花造型非常漂亮，图案构思巧妙，绘画线条流畅，用色富于变化，漆水考究，工艺标准高。

图十一是很有设计感的石榴造型。

葫芦，寓"福禄"。单独的较多见，双葫芦造型也不在少数，寓"福禄有加"，三只叠加的就较为罕见。图十二就是这样的，谓之"洪福齐天"。

图十三为葡萄形状，寓"多子多福"。

（三）动物

鱼、蝴蝶、狮子、老虎、猫、鸟、猴、猪、鸡、兔、犀牛、鹿、驴等。

动物形态相当丰富，天上飞的、地上跑的、水里游的，都是设计的对象，尤其对鱼情有独钟。鱼造型

图八　　　　　图九

图十　　　　　图十一

图十二　　　　　图十三

就占了全部藏品的五分之一，数量多且造型各具特色，富有想象。比如：图十四是鱼的变化造型，有很高的艺术设计标准，工艺标准也高；图十五金鱼很灵动；图十六群鱼在莲花丛中游弋；图十七鱼漂亮写实；图十八立体饱满；图十九鱼身上是群鱼游动的场景；图二十是一条展开的比目鱼。感叹民间艺人的想象力，毕加索也不过如此吧！鱼寓"大吉大利""连年有余"。

狮子造型多俏皮、可爱，与绣球一同出现时，表达"狮子滚绣球，好日子在后头"。两狮子同时出现表达"时时如意"，太狮少狮寓意"太师少师，高官厚禄"。

老虎，象征权威，寓意吉祥，判断老虎与猫的区别就是看脑门上有无"王"字。

猫也出现了不少，它主要负责可爱，与蝴蝶在一起也寓"耄耋之年""幸福长寿"。图二一的小猫小巧可亲，萌化人心。

驴寓"一鸣惊人"，见图二二。

图十四

图十五

图十六

图十七

图十八

图十九

图二十

图二一

图二二

鸡和羊组合寓意"吉祥"。

猪表示家庭富足。

（四）人物

寿星、观音、孩童、仙女、普通人物等。

图二三人物漂亮，漆水光亮、品相好。

图二四仙翁乘着吉祥鸟与寿桃、石榴、佛手组合，寓意仙人送吉祥、长寿，送福、送子，人一生美好的愿望都有了。

图二五莲花仙子，标准美人像，器型绘画都很美。

图二六黑漆做底，金漆线描，人物开脸，发饰、衣纹、手持之物两面均不同，运用了诸如芭蕉扇、柳条枝、鱼尾、石榴等设计素材，描绘出了祈求四季平安，风调雨顺、多子多福、连年有余的吉祥图画，构思精巧，独具艺术想象力。

（五）其他

卦象、文字、精灵、琴棋书画等。

图二七呈卦象，有坎（水）、震（雷）、离（火）、巽（风）标识。

图二三

图二四　　　　　图二五

图二六　　　　　图二七

文字的有："富贵""时时如意""长命百岁""如意""年年通顺，月月平安""福""十九年、木碑""完""彩"等。字体真、草、隶、篆四体皆备。

图二八画着琴棋书画，最具人文气息。

图二九、图三十造型奇怪，主体像精灵。

四、制作工艺

（一）构思

每个人根据自己对美好生活的愿景决定制作的题材。选择制作所用材料、样式、尺寸、图案等，需兼顾实用与美观。

（二）制胎（造型）

布质的通常情况下先将纸或布浆好，然后或粘或缝成型，分为针舌式和针筒式。木质的刨、凿成型。皮质多为轧花成型，还有一种特别的（如图三一）为纸筋模压成型。

（三）绘画

有些是直接在成型胎上绘制，讲究一些的还在成型胎上贴锡箔，然后绘制。根据现有藏品分析，绘画

图二八

图二九

图三十

图三一

风格大致为两类，金底黑绘（图三二）和黑底金绘（图三三），然后用红色修饰，类似古希腊陶器红绘和黑绘的风格。

（四）髹漆

绘制完成后，通过传统工艺髹以大漆。

（五）装饰

上穿丝线，下挂如意结等饰物。（图三四）

经过前面这几道程序的精心制作，呈现在我们眼前的金漆"针箍子"就成为一件完美的工艺品了。

另外，针箍子还有金属制（银、铜多见）、骨制、木制、刺绣制等类别，只是不在我们这项收藏的范围之内了。（图三五至图三九）

从 2005 年 6 月将一条鱼形的"针箍子"带回家开始，十几年间，我们寻觅于乡间、店肆、农家、地摊，乐此不疲，享受着发现并带它回家的乐趣！它给我们带来了一份祖辈的生活信息，同时也收藏着快乐！

收藏从喜爱开始，拿起画笔则缘于 2015 年 5 月赴美国参加女儿的大学毕业典礼。女儿陪我们游美

图三二

图三三

图三四

国，始终带着画本和画笔，闲下来就画，坚持不懈，受她影响，我也无意中拿起铅笔，勾勒西方建筑、喜欢的瓶瓶罐罐，先生看后，大加肯定，我受到极大鼓舞。回国后，先生提议可以线描我们的收藏品"针箍子"，零基础的我拿起铅笔画了几年，就有了这些线描图。虽然像小孩子学走路、小学生学写字，摇摇晃晃，歪歪扭扭，却着实给我的退休生活又平添了一份欢欣，摸索着，像个艺术家的样子去做。巧的是我们为修复一件古老的刺绣寿幛，去侯马拜访刺绣工艺大师郭美玲老师，郭老师和她的学生对我们的收藏非

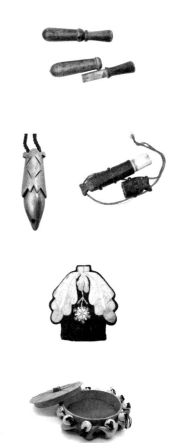

图三五至图三九

常感兴趣，尤其提到这些线描图可以做刺绣的粉本使用，让这些针箍子又以另一种形式延续下去。

在这十多年的收藏路上，认识了更多的朋友，也得到了众多学者、老师、朋友们的支持和帮助，有人提供藏品信息，有人故意出低价打压摊主，更有人直接买了相送。多年来，"省心阁"小店常常高朋满座，欢声笑语，有时交流收藏心得，有时分享生活乐趣，也对我们的收藏和出版热情指导，真心感谢朋友们的关爱。特别感谢为本书作序的张继红和王介平先生，感谢贡献和书写书名的高鹏和杨建忠老师，还有为图书出版辛勤付出的赵亮亮和冀小利老师，还有很多……十多年来，有过买不着的失望、焦虑，更多的是得到时的欣喜，还有朋友们共同欣赏时的美好时光。独乐乐，众也乐乐！

目　录

如意

2005 年 6 月 5 日在南宫（太原工人文化宫俗称，后同）市场 100 元购得。这条鱼品相极好，造型可爱，材质工艺特别，尤其是所用的金漆罩面，神采奕奕，拿在手里就不舍得放下。当时细问摊主这是什么东西？他用忻州话说是"针箍子"。这是我钟爱的第一个此类物品，也由它引发此项收藏，并定下收藏 100 个的目标，此为第 1 号。

此项收藏中的上品，当然价格不菲，购买过程也颇费周折。为此我先生曾去过两次，均未买成。此次前去，终于收到。这件鲤鱼针箍子造型生动逼真，以铁线绘出，画面极富想象力。从漆面看应为清代中期制品。

2009 年 10 月 4 日。写实的大鲤鱼，彩绘，招人喜爱。100 元拿下。

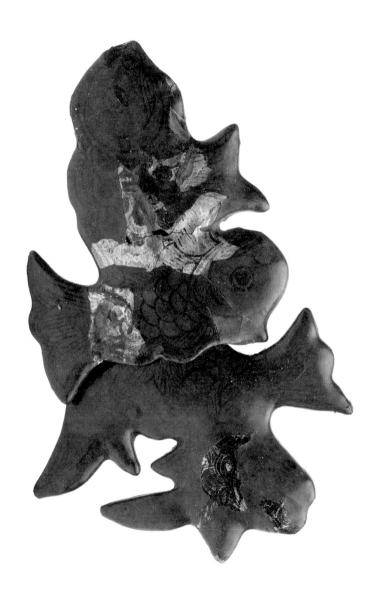

这一件品相较差，但能看出它年代久远，漆水不错，画工也很好。上半部分是叠加在一起的两条鱼，活灵活现。下半部分应是一个场景，有水草，游动的三条鱼，象征群鱼。上下加起来应有十条鱼。之前藏品中有一个与它相似，很招人喜欢。可惜通体金漆掉损严重，裸露出了上有绘画的锡箔。同时，它又非常难得。为什么这么说呢？从它的现状可以看出针箍子的制作工艺是由胎体、锡箔、绘画、金漆分步骤完成的，这就为研究它们的制作工艺及流程提供了很好的物证（实例）。一碰漆就掉了，很难保存，应十分小心。造型、绘画、构思堪称完美，更可贵的是，它是展现制作工艺流程的物证。

2017 年 6 月 11 日。经过南宫市场摊位费涨价，4 月 22 日摊主罢市，又通告消防不合格，出售违禁刀具等，停市近两月，经整改、协商，终于在这周末恢复了地摊。今天，早起买了油条、老豆腐给婆婆送去，然后到南宫逛地摊。憋了两个月，地摊果然是有货，买到五个干净、漂亮的绣片荷包，花了 400 元。又花了 150 元买了一个金底、一个黑底虎鱼造型的针箍子，很开心。这一款是黑底，用金漆画线。

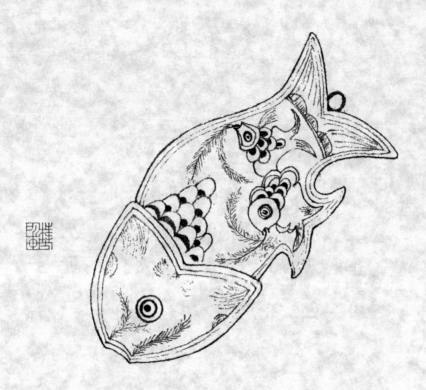

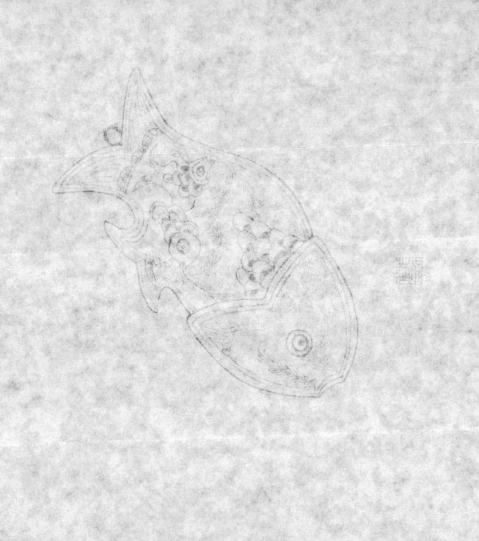

这里画的不仅仅是一条鱼，是群鱼相戏的场景。其中两条神似母子，游弋于水草中，神态各异，画面温馨。设计精巧，品相极好。购于定襄，当时购价极高，咬牙成交！

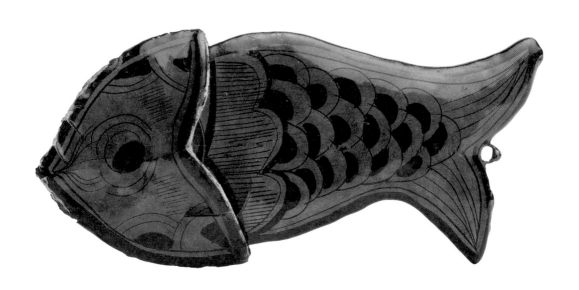

金漆非常好，绘画清新、秀丽。虽鱼头部分略有开裂，终掩不住招人喜爱的特质。

今天谢老先生来，提供信息说某店铺中有一个。我去看了，品相、造型都不错。是一条鱼的造型，线条很好，非常饱满，有立体感，鱼尾画得很特别，遂花 100 元买下。此物漆作、画工都好，内部填充头发，一来起固定针的作用，二来增加摩擦，防止针生锈。

一条灵动的金鱼。

这是一条很破的"鳜鱼",造型准确,画法流畅。可以想象出刚"出生"时的神采。

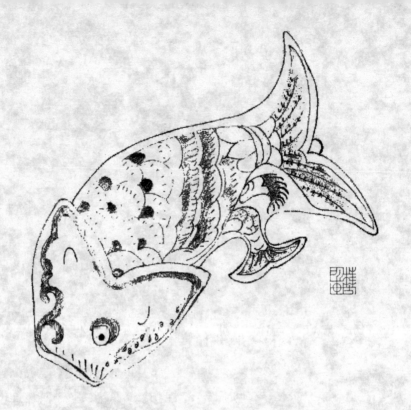

买这个费了些心思。上周末就看到了，只因当年在他家买过十三个，于是他给我开出了非常高的价，没买。今天来了，想与另外四个捆绑销售，没有答应。摊主还说刚才有一老者想买，给出多少价未卖。我先生说，那他买来也是送我们的，摊主无语。

　　这款鱼造型看上去很舒服，绘画富于想象力。双面鱼纹不同，表情各异，有鱼鳍，色彩丰富，品相完整，无瑕疵。

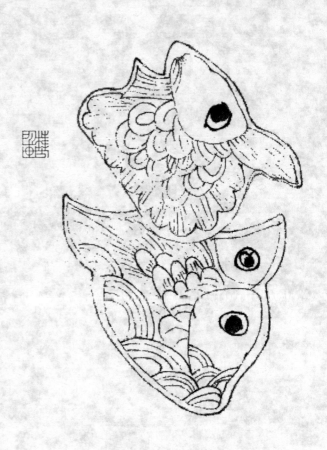

造型特别，是上乘佳作。上下部都是鱼的变形造型，夸张且富有想象，兼漂亮、实用于一体，绘有六条鱼，且使用时很顺手。这一天到店后，一如既往的高朋如云，谢老先生又说前几天与梁先生在北京潘家园碰到一个这样的，要 1500 元呢。说得在座的各位又都有点小冲动了，都在说你们发财了，王冬生老师说这项收藏可以"申遗"了。也有人说这项目太小了！王老师说："剪纸也小，不也是世界文化遗产吗？"

一群鱼的组图。各个神态不同，有的灵动跳跃，有的自由自在地游弋，有的相互追逐嬉戏，有的专心觅食，形成了一幅生动的组合图画。

与熟人忻州老赵的地摊相邻的地摊上发现了三个，要价180 元，太贵了。这时婆婆打来电话说身体不适，我就赶快回家照顾她去了。后来，先生告诉我 120 元买下来了。这一个是三个中最好的，金漆清亮，品相完好。寓意"连年有余"。

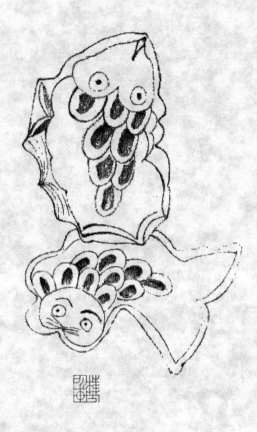

娃娃鱼。2005 年 4 月购于忻州安邑村。

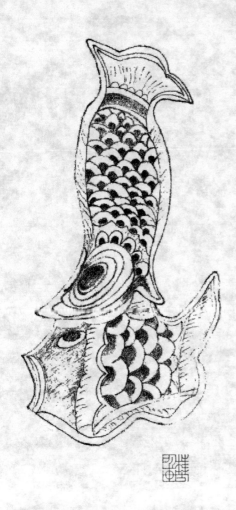

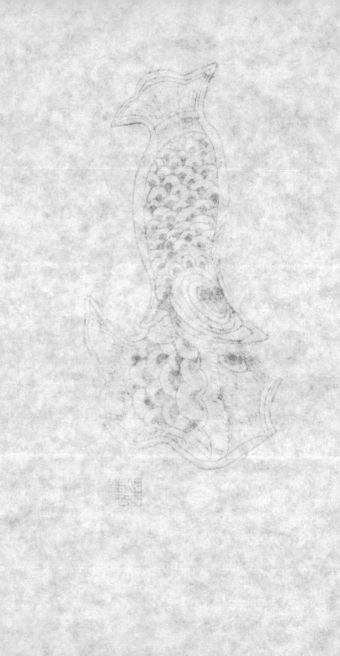

由于年代久远，漆面泛暗，不招人待见，只是造型精神。在线描图绘成之时，才发现深隐其中，活灵活现的双鱼，视为再发现。

2022 年 2 月 3 日，壬寅年正月初三，天晴气朗，闲来无事，逛忻州古城。遇相识店主重装开业，见到有针箍二十多个，分属父子三人，挑中他父亲的九个，他的两个属礼节性收藏，经一番讨价还价终于成交，一次得到十一个。这么大数量地买，还有一次，是十几年前在忻州安邑村，在老赵带领下一次买到十二个，这也许是截稿前的最后一次购买了，蛮开心的。随后我们游逛忻州古城，吃粉汤、土豆饼，又带了胡麻油糕饼、麻会糖枣，回家已是花灯满街，假日期间高速免费，阳曲县出口有警察、防疫人员查行程码、健康码。

上半部为猴形，手中拿寿桃。下半部为鱼形，一边画单鱼，另一边则是双鱼，猴在鱼上，寓"灵猴献寿""年年有余"。造型简洁，画风粗犷。

这一款品相极好。造型、金漆、绘画均为上乘。下半部为鱼造型，两面图案不同。上半部为人像，手拈长须，面容安详。我发现人物的帽子很特别，一面像一顶斗笠，另一面像一顶官帽。斗笠的造型不像本地的样子，倒很像南方渔翁斗笠的样子。莫非这是商家所用，暗寓"得利图"，要坐收渔利，又要官运亨通，抑或是老了也要辛勤劳作，才能连年有余。这是我先生在忻州花高价才买到手的，人家在价钱上没得商量。最近越来越难收到了，也越来越贵了。

器身遍布龟裂，术语称之为"断"。通体历经时间的磨砺，呈现出非常漂亮、看上去很舒服的炒栗色。

2010 年 5 月 30 日。一早逛地摊，就有人冲着我们喊"针
箍子"，我们已有代号了。挑了三个，品相、造型、绘画都很
特别，总共花了 200 元。高高兴兴地上楼开门迎客。先生到南
宫广场参加为贫困地区捐书仪式。

很特别。下半部是一条变形的鱼，鱼头大，鱼眼突出，鱼尾夸张似龙角，凸起的鱼鳍巧妙地做成针管。上方坐一渔童，颇有意思。里面遗有几枚缝衣针，均已生锈，无法取出。

一只猴子？抑或是一个人？手里捧着寿桃，虔诚面慈。下半部分是鱼的造型，漆不是很好，画工也一般。但他们组合到一起，很有意趣，也不知他们要确切表达的意思，就是怪好玩的。

早起，开车到文源巷四川媳妇早餐店买了油条和老豆腐（他家油条炸得酥软，较干净），给婆婆和保姆小刘打了两份送回家。然后我们到店，开门迎客。今日店中依然高朋满座，待到散场，已是中午十二点过了。我俩下来逛地摊，今天的太阳很大，光照很强，有微风，还舒服。逛到忻州红脸老头的摊，他已经收了一半多，准备回家，看见我们，满眼的期待（老商人也没掩饰住）。终于没有落空，还讲了三个故事，说这个很好，是专门给你们收的，一上午都没拿出来，给你留着呢。说还有一个人在收，只要便宜的，不像你们只收好的、奇特的。这条鱼，价钱呢，也不说啥了，300元，虽然贵了点，既然说到这儿，也就这样吧。就当买个故事！

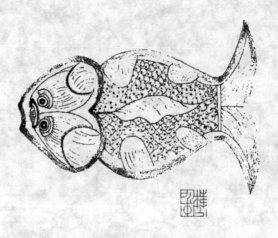

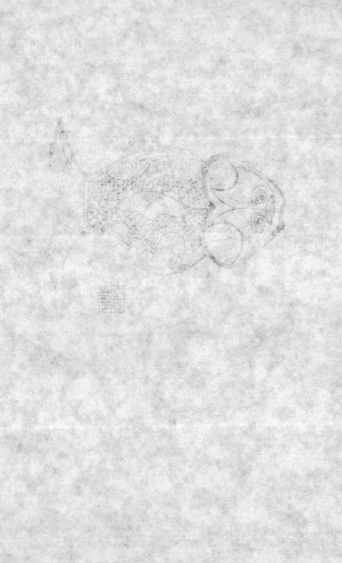

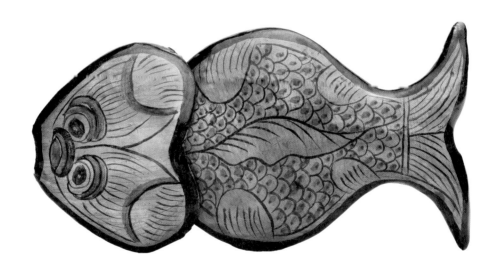

似新做，金鱼。

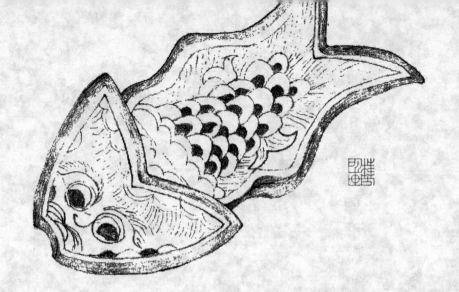

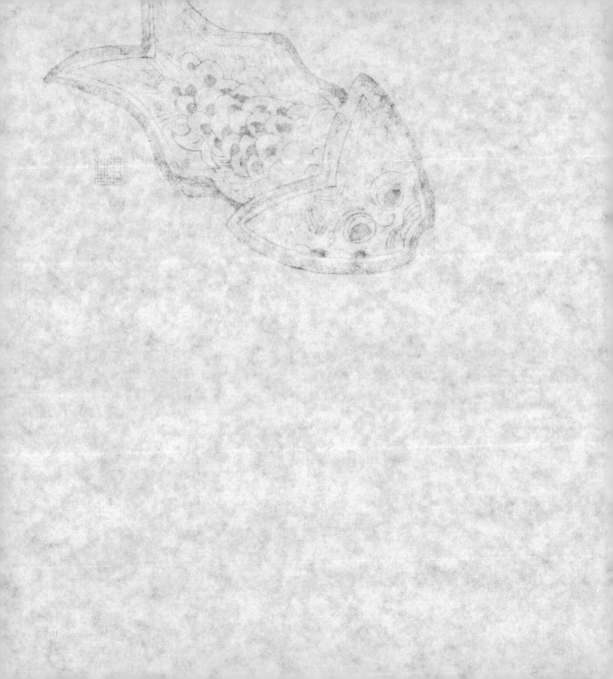

哇，一条展开的比目鱼！感叹民间艺人的想象力，与毕加索大作有异曲同工之妙！

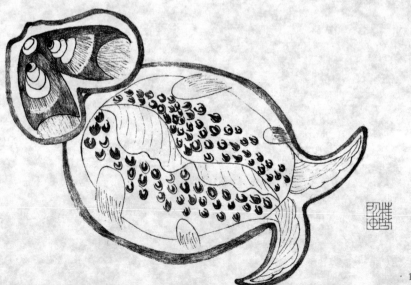

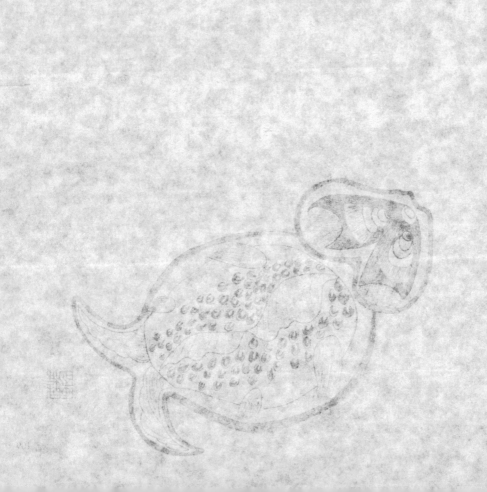

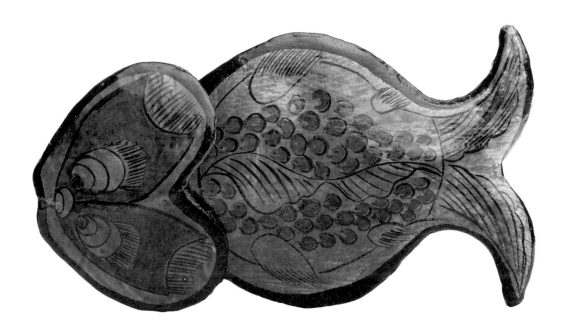

"比目鱼"造型。两面作鱼图，均为展开状，非常有创意。
从漆面判断，"年纪"不大。

这是个"笨人"做的，反而有了些独特的味道。

从忻州润根处买得。只因先生曾于多年前在他家借宿一晚，喝过一碗留下深刻记忆的豆粥，感怀在心，也就价遂他愿了。不过品相挺好，据考证，年代比其他的要久远些。

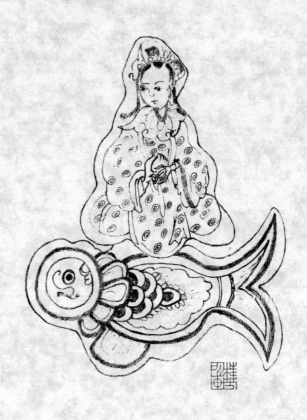

· 121 ·

2020 年 5 月 17 日在开化寺古玩市场地摊买到，摊主表现得很急切，有终于等到你的感觉。这件底胎很厚实，漆也刷得瓷实，欢喜。

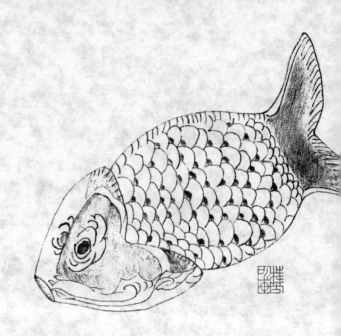

先生上海出差，我一个人逛地摊。一个地摊上有两个是皮质的，表面也不是金漆，样子皆丑，放弃。再有一个地摊上有两个造型多见，品相尚可，属可买可不买，未买。有意思的是，熟人给我从他包里拿出一个，说给我留的，要 100 元。我一看，这个物件下面是一朵莲花，上面是一人形，还不错，可是这个上星期在摊上见过，人家开价是 80 元，遂托辞推掉了。

继续逛到广场中间部分的摊位，发现了这条鱼，这是一条很规整的鱼，绘画写实，造型看上去很舒服。两面的鱼眼睛不一样，至此，鱼造型的针箍子也有十几个，可以单独成一个系列了。

长命、富贵。

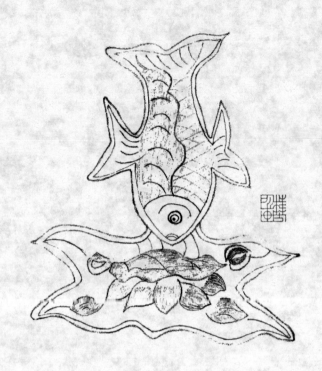

2017年4月2日。受邀到忻州参观"丹杏春华"（降大任先生研究元遗山咏杏花诗并文"一生心事杏花诗"）王利民、王志刚、冀卫东书元好问杏花诗展，全程给病中的降先生做了直播。仪式结束后，亮亮同行，逛忻州古玩城买得。在熟人店中，还买到一纸胎金漆罐，虽品相差，但漆、绘都不错，150元得手。还买到一件整木挖成，漆绘有东方朔偷桃、刘海戏金蟾等图案的茶叶罐，极难得，600元。中午吃了莜面、大骨头，回家。好开心！已经有好长一段时间没买到针箍子了。

漆作和绘画都很好的老寿星。

"麒麟送子"。

与 187 页藏品同出一人之手。这一款上部双面均为女子形象，一面手捧铜钱，一面手托莲藕。下部造型是佛手，绘有葫芦、花卉图案，寓送财送子娘娘。细看局部，稍有残缺，虽经岁月洗礼，依然非常亮眼。

藏品吸取了山西五台山寺观壁画和雕塑的风格，造型和绘画具有浓郁的宗教色彩。

观音送子、送福。黑底金绘，制作工艺复杂，人物生动，绘画线条流畅，富有美感。

莲花童子、佛手、蝴蝶。器形大，设计巧。历经多年，金漆依然完整、光亮。

美，女儿用来做过贺卡。

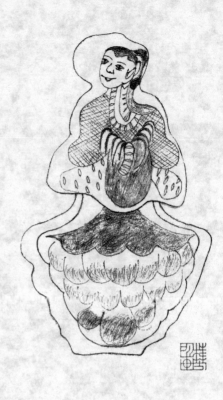

我先生从五台山返回太原，途中路过智村古玩市场，遇到十几个，一口气全部收入囊中。还询问到当地早年间多用此物件，称其"针箍子"。这是 2005 年 7 月的事，这件是十几件中品相最好的一个，双面画像也不同，下面画有葡萄，寓"多子多福"。

与 159 页藏品同出一手。做工与别的不同，较精细，以黑漆做底，再用金漆绘出图案，造型别致。

绘画人物朴实，花卉生动别致，金漆工艺非常好，填充特别紧致，物品非常饱满厚实，造型立体。上半部绘有人物，两边人物面部表情及裙装各异；下半部形似佛手，一边绘有花卉，另一边的人物衣带与上半部自然连接，整体效果好，很协调。

这是新认识的一个朋友，家住忻州的刘三给带来的。整体看上去较完整，年份久远，黑漆做底，金漆线描。上半部双面均为人像，而开脸、发饰、衣纹、手持物都不同。脸部表情一面为抿嘴微笑，另一面略露齿微笑，都慈眉善目。一面手持芭蕉扇，一面手持柳树枝。下半部是石榴造型，上画有芭蕉叶比较显眼，还有荸荠或是柿子，还有一条鱼。鱼尾与石榴的花部巧妙吻合，构思精巧，富有艺术想象力，祈愿四季平安、风调雨顺、多子多福、连年有余。精确考证这些物件到底起源于什么时代比较困难，因出于民间，缺少纪年，又是手工制作，从出现、发展到完善，经历了相当长的历史阶段，现在只能从漆艺、绘画手法、人物的开脸、造型、衣饰等判断出大致时间。

有三个星期没有逛地摊了，心想今天应该能多收几个，果然就发现了七个。这一款有断，属年代久远之物，漆断很自然。上部为童子，手捧石榴，寓多子多福。今天共买到五个，另两个因造型一般，品相差，未收。

此款为木胎金漆制，绘画为祝寿的莲花童子。品相好，很招人喜爱。

2008 年 3 月 30 日在南宫市场上买到。朋友看过后，都一致给了肯定和好评。从不同角度判断，年份应该是明末清初，最晚也应该是清初的东西。曹老师说绘画人物"有眼无珠"，是典型的清早期风格。谢老先生是从这个物件的"包浆"判断。我先生是从人物的开脸、线条及工艺（漆水）上判断的。它的上半部分双面都绘有人物，神态各异。开脸为鹅蛋形，线条纤细有弹性，衣饰纹路简洁、大气。下半部分似佛手造型，一面绘着莲花，另一面画有花卉，寓意"莲生贵子"。这是我钟爱的一个，好长时间没有收到这么好的了。因漆太光亮，拍摄都有难度。

"榴生百子"，童子抱石榴寓意甚是明了，是朴素的愿望，也是血脉传承的根本。戴着耳环的孩童更强调了性别特征，笑态可掬。2005 年 7 月，30 元购于智村古玩城。

秋末冬初，蟹肥时节，公出江南。至苏州得竹制水盂，清代阴刻"兰石图"，题"美人香草"，兰叶飘逸灵动，精雅可人。游天目湖、茅山，湖光山色尚佳，然仿古建筑可恶。十月十七日及京，得程军相伴，闲游厂肆，神清气爽，偶得此件。此为省外购得第一件，亦晋土流出，意外之喜，售者亦忻州人也。

2008年10月13日。秋高气爽，登忻北陀螺山，霜叶漫山，秋色缤纷，清泉淙淙，声色怡人。归，至忻州，购得此件。另有一金漆葫芦精致可爱。卖主称两件小器均系当漆匠的外祖父所做，详询其母，略知制作工艺。每个针箍子可各自选择造型、材质、贴锡箔、绘画等材料和工艺，最后交漆匠修饰后即成。

2009 年 12 月 27 日，50 元购于南宫。

莲花童子与蝙蝠的组合，民间的创意就是这样随心所欲。寓意"福禄连连"。漆、绘俱佳。

这个是买的忻州红脸老者的物件。今天才知道他是忻州韩岩村人，家距离元好问墓只有 50 米，并热情邀请我们去他家做客。这件品相、漆水不错，之前没有这类品种，人物骑着壮牛，是老子出关图。是喜欢的一款。牛的嘴角有漆脱落，露出胎底、锡箔的痕迹。前一阵的某个周末，梁先生跟他说我们现在收藏的进展情况及态势，只收特别的品种，数量也足以满足出书需求了，别人不会比我们给的价更高，好多买上也是送我们的。有这个做铺垫，这回他直接要价 200 元，合理价，成交。这项收藏也是众人帮衬的结果。

这是黑底描金的做工，黑漆底，底上描金，彩绘。观音骑着神鸟，给人间撒播幸福，与石榴组合，是观音送子的主题，寓"多子多福"。

昨天星期六，下了一整天的雨，今天南宫市场地摊只有零零落落的几家。店里情形也差不多，正应了那句老话，"刮风一半，下雨全无"啊！处暑时节，早晨逛地摊已有几分凉意，是秋天的感觉了。在一个看上去有几分书生气的摊主摊上买到这件，漆水好，抓髻娃娃眼含笑意，瓜瓞绵绵寓意"长长久久""连绵不断"。交谈得知摊主是汾阳人，他曾经当过教师，这是从忻州地区之外的人手里买到的为数不多的之一呢。

这个是全品相，是这项收藏中至今价格最高的一个，花了280元，卖主是忻州的两个小伙子，说什么也不落价，那有什么办法呢！谁让咱喜欢呢，只能依他们。老公在一旁给我宽心，说好东西买时贵，买到就不贵了。想一想，确实有道理。

张明智老师从专业的角度赞叹绘画干净，不拖泥带水，笔道有力，有弹性。猫的神态形象逼真，活灵活现，非常招人喜欢。再整理时发现了猫脑门上的"王"字，确定还是老虎。下面画的似云，又似浪花，还画有一芭蕉叶。王冬生老师说是"如意"。

这是一只卷毛"狮子"，品相极好。狮子的表情独特，尤其是眼睛很"傲"，尾巴很夸张。下半部是如意形，绘有花卉，寓"事事如意"。最喜欢它的漆作色调，清代制品。

这件是忻州刘三给代买的。造型特别，上半部为牛回头眺望，望月的牛背有太极云纹图案。下半部为一朵祥云，造型生动，绘画颇具功力。品相好，为上品。

2005年11月13日早晨，朋友在南宫市场发现，并报信"又有五个，且品相还不错"。最终以190元的价格买了下来。其中这只老虎最为精彩！头顶"王"字，虎牙外呲，虎须、虎眉夸张，两眼漆黑、有神。漆作上乘，制作精湛，堪称上品。开心极了！

猫踩着一条鱼，抑或是一块石头。猫石图取"健康长寿"
之意，如果是鱼则取"如意"之意。2006 年 4 月 23 日，25 元
购于南宫。

绝精之品，线条很讲究。双鸟灵动，富有想象，出自职业画家之手。漆水上乘。设计精巧，造型独特。2006 年 5 月 7 日，120 元购于南宫。

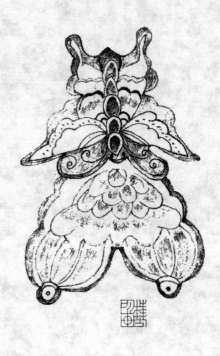

"绵绵瓜瓞"。造型品相极佳，我很喜欢。这是先生陪中国书店吴凤祥老五台山归来，路过定襄县智村，一次购得五个的其中之一，开心。

昨晚我先生就说明天咱们早些逛地摊，预感有针箍子。果然有一位摊主有六七个，但品相太差，没有要。之后又偶然在另一个摊位的盒子里发现一个，因主人不在没买成。买成的这个叫"独占富贵"，另说是"乳虎图"。成交价 40 元。

买到 115 页藏品以后很开心，感觉市场上还应该有。果然随后看到了这个，很吸引眼球。上半部分是"鹿"形，下半部分为"鱼"形，又似佛手。"鹿"形是以前没有的，绘画两面不同，都很生动，寓意"禄"。这为研究民俗文化又提供了一个视点，虽然有一面中间金漆掉了一大块，但整体较为完整。下半部分造型多见，绘画生动。上、下部分的金漆颜色有些差异，怀疑是由不同的两件组合而成。购买过程也有波折，摊主要 30 元，我们还价 20 元。后来，我先生抓出一把零钞给卖主，说就这些！（大约有二十五六块吧）在大家嘻嘻哈哈的过程中完成了交易。后来遇到了谢老先生，他说那里有一个，我拿出来给他看，说就是这个，之前他问价 80 元，还价最多 20—30 元，所以卖家开价 30 元。谢老先生是知道我们做此项的专门收藏、研究的，有众人帮助是一件更开心的事。在聊天过程中，又听闻棉花巷古玩城地下室有一个，抽空去看看。期待！

这狮子俏皮可爱。巧妙地将狮子的头部设计为整体的上半部，用手摇动，更显出它的可爱、生动。有意思的是它的口中含有铜钱，这是它独有的。中国人认为狮子是权威的象征，亦是镇宅之物。

正午阳光下的小猫咪。

今天得到这个宝贝，漆水、品相、造型都很好。上半部分喜鹊的造型栩栩如生，下半部分是两个变形的石榴。有创意、不拘泥，变化恰到好处，美观的同时兼顾使用方便。图案用黑、红两种漆绘画，搭配相得益彰，漆的质量也高，外观没有一点儿磕碰，属上乘之作。

狮子在云上，有创意。狮子呆萌，为露齿小狮，非常可爱，尤其是眼睛。更让人佩服的是我们祖先思维的大胆与不拘泥，狮子踩在云上，已属想象超凡，而这一只狮子是自由、灵动的，是它在驾驭着祥云，自由翱翔，犹如狮子长上了翅膀，太有想象力了。西游记中不是常有菩萨的坐骑偷跑到人间作乱，最终被菩萨收服，驾云而去的情景吗。也许是受到了这样题材故事启发而创作的。

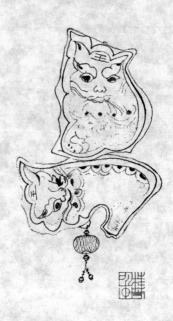

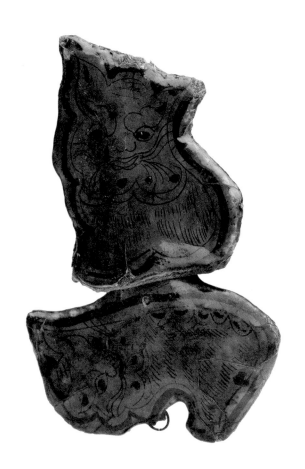

这是上、下两只虎，双面四只虎的造型。老虎面部表情各异，写满了和善，像极了猫，神态顽皮、可爱，只是脑门上的"王"证明是老虎，或许是四只小老虎吧。品相稍差，为清代制品。纸胎。

皮质，独体式。一个超级可爱的小猫咪，萌化了每个人，两只眼睛十分灵动，民间绘画真是让人感动。漆面呈金黄色，这种色调多用于皮胎之上。

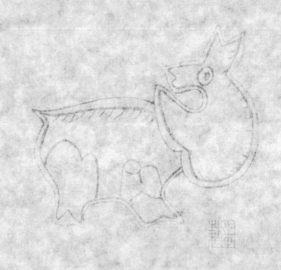

一头驴子的造型，制作朴拙，以前没有见到过。晋作银器中有将驴子作捆绑状的造型，曰"一鸣惊人"，佩此物寓科考有成。淘到它的过程十分有趣，老公逛地摊发现了这个宝贝，卖家居然说这是一只"长颈鹿"（只因初见时驴头向上，有几分像），经与摊主一番"勾兑"后购得！这几日，我们夫妻俩再说到有驴的时候，均用"长颈鹿"代替，心领神会，有趣得很！由此想起，我们曾经一同逛摊，看到一个器物，铜制，还算精致，值得看一眼，是三只猫托着一只盘。问摊主这有什么说法？摊主思量片刻回答："三猫开泰。"于是被雷到！我们笑翻。以至于成为"名言"。还有一则关于"贵州皮"的故事，问："这个漆盒是什么材料？"答："贵州皮。"问："何为贵州皮？"卖主做沉思状，后答："就是一种很贵重的皮。"

这两只兔子品相好，绘画也精彩，年代久远。这是忻州红脸老者的物件，他开价 80 元，我 50 元买到。这是比较满意的局面，这个买卖局面来之不易，是经过长期的心理较量达成的。刚开始买他的，也就 10 元、20 元，慢慢地到 30 元、50 元。只要合适，也是可以买的，有就要。后来，他和他们狮子大开口，漫天要价。我们也及时采取应对措施，提高标准。只要造型独特，制作精美的，好物好价，买卖都简单满意。

这一吉祥鸟小巧精致，十分可爱，当年使用它的人也应该像它一样精干、利落、可爱吧！

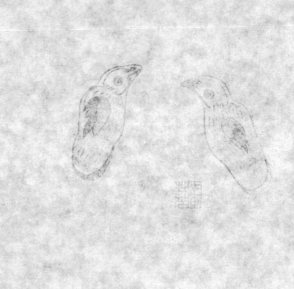

最小的一个，皮胎，缺一针囊。

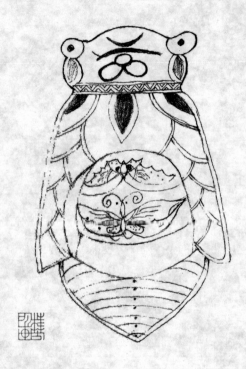

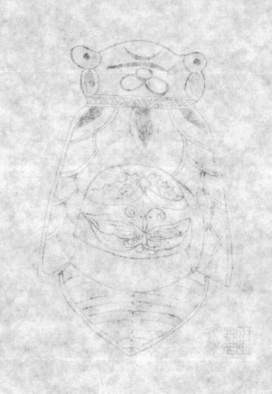

这件物件的确很特殊，是一个"知了"的造型。整体造型很具象，做工、画工都精细，漆也好，年代较远。凸出的"肚子"构思巧妙，想象丰富，最可贵的是它的实用功能，除了放针还可以放顶针，非常喜欢。卖主也知道这个特别，人家开个高价也就在情理中了。2011 年 6 月 25 日，200 元购于南宫。

一款"猫"造型的物件，漆水不错。上半部看似一只夜猫，下半部是庄稼，应该是夜猫看护庄稼，以防田鼠等小动物夜间出来糟害，保障有好收成。寄予了农人盼望丰收，过上好日子的美好愿望。是生活化场景的艺术再现。

清初制品，应该是同类型藏品里年份最高的一件。造型生动，狮子憨态可掬。制作精良，用老乡的话说就是精神。画法高古，游丝铁线描，从漆水、画工判断应为清早期。

纸胎。品相好，漆水好。很生动的一个场景，一只灵猴手捧寿桃，身穿马夹、皮裙，单膝跪地，是灵猴献寿来了。买物件的过程颇为有趣。前几日，地摊移到开化寺，卖主是忻州元好问故里韩岩村人，村中尚有元好问墓和野史亭等古迹遗存，我们夫妻二人曾在杏花始开的季节拜访过他。之前也买过他的东西，这件开价 60 元，我给 50 元，僵持着没有做成。后来又看到过两次，在他儿子的地摊上要 160 元、80 元的时候都有，这一次他追着我 50 元成交了。

喜鹊登梅，新品种。好几周没逛地摊，今天一下子得到两个，很开心。喜上眉梢，是好运与福气的象征，寓喜事临门。梅花又名"五福花"，代表着"快乐""幸福""长寿""顺利""和平"，是传春报喜的象征。

鹰抓兔，与蛇盘兔寓意相同，寓"多子多孙""双喜"。

这个与别的漆都不同，漆断漂亮。黑色做底，用红、金两色彩绘出喜鹊、石榴，这个造型以前也有过，是传统组合。

2009 年 10 月 4 日。100 元。清代，漆画俱佳，存针三枚。

造型独特，画风泼辣、洒脱，画技高超，具有较高的艺术价值。游丝描的画法也说明这款年代久远。2018 年 6 月 17 日，180 元购于南宫。

可爱的狮子滚绣球。"狮子滚绣球，好日子在后头"寓意去除灾难，好事来临。狮子造型很"活"，面部很"萌"，浓眉大眼，很夸张。夸张与"无厘头"是民间工艺的特质。

太狮少狮。古代官位中最高的有太师、少师、太傅、少保，为辅天子之官。"狮"与"师"谐音，大小狮子寓太师、少师，寓世世代代高官厚禄，既有仕途顺利、事事如意的寓意，又有子嗣昌盛、吉祥如意之意。此物件漆水好，画工深，只是明显掉了一大块漆体，露出了纸质胎体，有些可惜。

这个年份高，漆好，造型独特，绘画好。王老先生说民间艺术不能小看，要仔细深入研究。老虎与猪生肖暗合，表达对美好生活的祈盼、向往，能把凶猛的动物画得可爱，萌萌地表达内心的良善和阳光。2018 年 7 月 15 日，200 元购于南宫。

这件是介休老张送的，感谢！说到这个老张，与他打交道也有十几年了，大名唤啥，从来也不知道，只知道他家祖上几代人都以经营砚台为生。据他说，二十世纪刚刚改革开放，他父亲曾挑着担子到太原珍宝行售卖。说那时带盒、有铭文的也就卖5元钱，就这样养活了一家人。子承父业，他经手的砚台不计其数。他可是做买卖的一把好手，因为在家看孙子，来太原少了。儿子接了他的班，做法与他有些不同，上网拍卖，是年轻人的路数，效果差强人意。如今儿子买房需要现钱，还得他这个老江湖出马，拿出了些压箱底的砚台，请我家先生帮忙。我们当即要了两方，其余嘱其标明价格，放在店中，招呼朋友来买。这个针箍子漆好，造型精神，特别的地方是猫造型上画有老鼠，明年是庚子鼠年，祈盼和谐共生。

购于侯马轻工古玩城。2021 年 4 月 8 日，襄汾举办全国古玩交流会，我们去参加，买到了几方砚台，还有老房屋雕花构件用来养花，两个柱础（放花盆）。第二天，我们到侯马轻工古玩城，古玩城规模很大，在全国也很有名，在众多的店里、地摊发现了这个，店主要 300 元，与店主还价，又特别说明兔子是自己的属相，遂以 150 元成交。

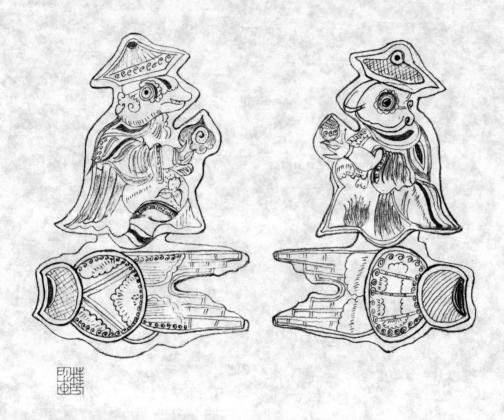

戏装的猴子与笙的组合，来源于洪水创世的传说。至今流传的苗族"猴鼓舞"不知与此图有何关联，也许主家的一员来自中国的西南。

2022 年 2 月 3 日，购于忻州古城。

2021 年 5 月 9 日。今天是母亲节，在开化寺市场购得的捧寿灵猴，灵动漂亮。母亲是属猴的，今日得此，许是天意！愿母亲健康长寿！

一只人面彩蝶。

官样"大师兄"，彩绘非常精美。

2020 年 10 月 5 日，逛忻州古城古玩市场买到。店主也是之前的熟人。这个古玩市场由当地政府打造，减免商户两年租金，还有一系列的优惠政策，使得这个市场人气比较高。又有了一个可玩的地方，开心快乐！

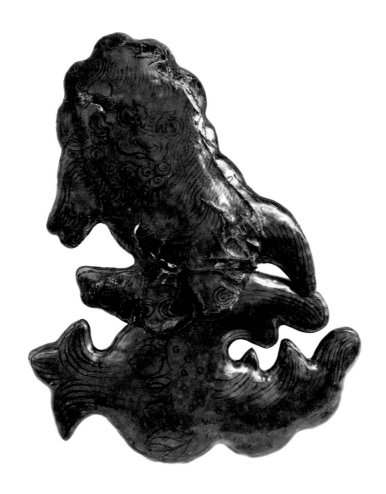

2022 年 5 月 22 日，120 元购于开化市古玩市场，皮胎，造型传统，绘画线条流畅。最特别的是针舌上写有年款"壬辰"，应该为光绪十八年（1892）制作。这是购买的最后一件藏品。

2006 年 5 月 21 日，小雨。得　"时时如意"这一款，或许是天意。民俗字体极具个性，"时时如意"也是我们的生活愿景。

正是人间四月天，春光明媚，地摊爆满，淘宝的人川流不息，南宫市场真是魅力无限。一早起来，我们两口子闹了别扭，我赌气没去逛地摊，他去了买到这件。老公曾去过这个摊主家，有一面之缘。恰好小店老张过来，与摊主熟络，经过一番说情讲价，最终便宜了20元，以130元成交。图案寓意"连生贵子，多子多福"。漆水很考究，工艺标准很高。造型很美。

很夸张的"大辫子"，是石榴花萼的变形。整体器型较大，十分饱满，彩绘有石榴、石榴花，金漆漂亮，保存完好。

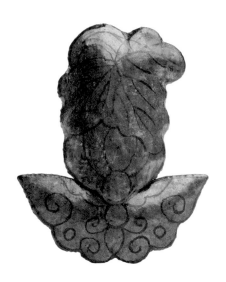

这一款小巧精致，品相好。意寓"瓜瓞绵绵"，幸福长久，连绵不断。某个星期六，我先上楼开店门，老公去逛地摊遇到，摊主大多已熟识，摸准老公的心思——想要，东西的确也特别，于是开的价很高。最终凑成250元收入囊中，就这样摊主还故意跟老公说，如果你老婆来还能多卖几个钱，她比你出价高。喊！谁信。这是小摊主惯用的伎俩，就那么几招，先说东西好，特别，价钱也不高，就是新的也买不到，说给你的是低价。实际是一见到我们就给开高价，然后等我们还价，你还多少，他就说是这个价格收的，让再加点，再加点。其实这时候就知道他可以卖了。最后成交，他就会无限惋惜地，一脸"为人民服务"的样子，指天点地地说一分钱都没赚你的。鬼才信！这也是逛摊的乐趣吧。

漆水好、品相好、使用痕迹明显，绘画提篮里有寿桃、鲜花。当前疫情防控严密，寒风中逛地摊也要行程码、健康码、戴口罩。购于开化寺古玩市场，摊主说昨天忻州地摊 150 元买的，卖 200，给你 160 哇。

2005 年 10 月 9 日，30 元购于南宫。

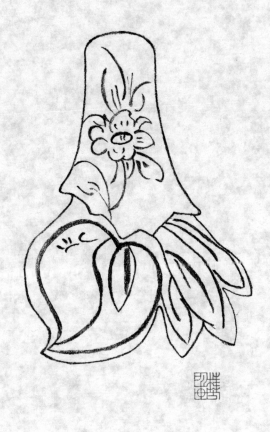

2006 年 5 月 28 日，这天一早逛地摊，看到的第一个，与摊主议价，最终 20 元成交，合适。

这一件品相差一些。但先生说这一件"皮壳"好,"年纪"大,而且还有一条银链,很不错哦! 2006 年 5 月 28 日,20 元购于南宫。

此款式较多见，绘有云纹花卉，里面有一"珠"字，不知
何意。实物不及线描图好看。

此摊主说家中有十二生肖等二十几个，很期待。事后证明，
他在"忽悠"。

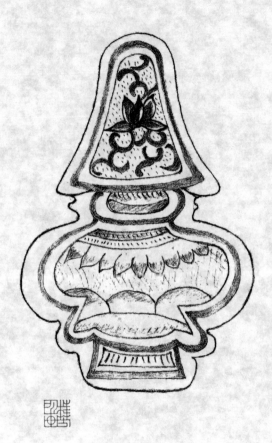

与 463 页藏品出自一人之手。

"一叶飘然"，上绘梅竹双清，极富诗意。

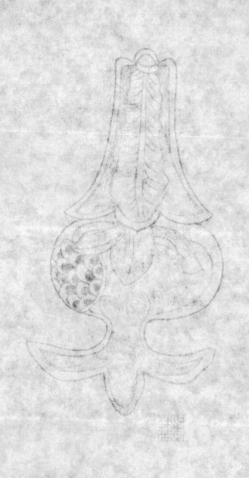

先生去上海出差了，一个人逛地摊，感觉很孤单，兴致不是很高，在我即将失去耐心时，突然发现了一摊上有三个，其中两个品相太差，另一个很不错，于是在一番讨价还价后购得。这件上半部造型似金钟，属常见，绘有芭蕉叶；下半部是一石榴造型，绘有石榴图案，寓多子多福。整个器物造型精妙，线条流畅，绘画生动，品相很好，有神采！器型、绘画、上漆，整体思路统一，呈对称状。

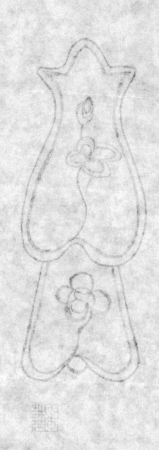

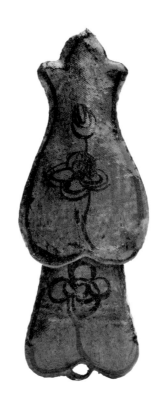

购于 2006 年 12 月 17 日。形制较为独特，上部似一花瓶，又似含苞待放的花朵；下部与上部自然连接，浑然一体，绘有一枝莲花，幽然有文人之清气。品相好，很招人喜欢。

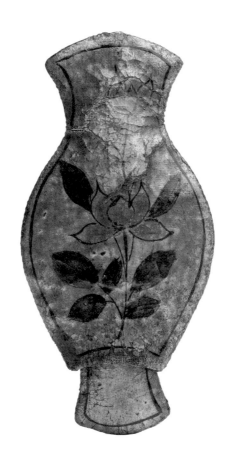

2006 年 12 月 24 日。今天早上逛地摊，无收获。就在很失望即将离开时，眼前一亮，发现了它，于是购得。

木胎，内有几枚缝衣针，已生锈。2009 年 8 月 23 日，20 元购于南宫。

等了三个多月，十几个星期天，终于在今天看到了两个，很兴奋，品相也很好。在等待的漫长时间中，每个星期天都抱着希望而来，失望而归，虽有其他收获，却也未能替代小专项这个遗憾，期间还产生了种种猜测和想法。别人也在做此项收藏吗？收尽了吗？有人收集起来卖高价？等等。看来还需要缘分，摊主开价40元，我愿出25元，摊主不依，非要最低30元，理由是他见我买过他同伴的一个就是这个价，遂依他说。

2007年6月24日，先生早上六点半就乘最早航班到杭州出差了，而女儿上午八点在太原市第三十中学校参加高中会考。独自逛地摊购得。

2009 年 12 月 6 日。这是被先生"没收"来的，朋友老赵花了 30 元购得。这个物件小巧玲珑，绘画内容是蝶恋花的清代小精品，老赵对此项收藏有贡献。

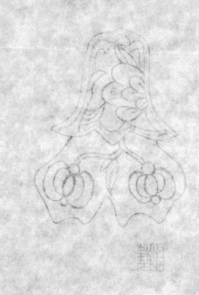

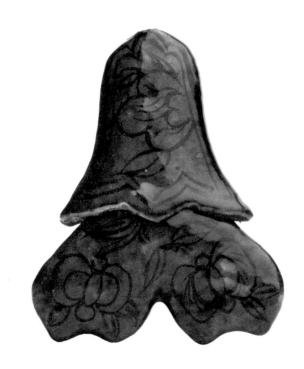

又有好长时间没有收到了。这一天，古玩市场在开化寺古玩城，逛了一大阵才遇到了这个，造型很普通，品相还不错。摊主开出 100 元的高价，口气很硬，不议价。我看在它品相还可以，且越来越少的份上，出 50 元成交。我先生递给他一支中华烟，算是交个朋友，摊主还说家里有更好的，十二生肖云云，下星期带到南宫。（按：之前他就说过在棉花巷的店里放着，我们专程去找过，没有发现。）之后的星期天，果然给带来了六个，品相不好，且有几个都是拼凑的，也不是生肖造型，我看他是在"放卫星"，挺好玩的。

2007 年 3 月 2 日。今天是过了春节和元宵节以后的一个大型地摊市场，来的人较多，先生说应该能收到。果然，一进市场就看到了这个，它很小巧，品相也不错。下半部分为佛手造型，绘画也是佛手；上半部分像一个花瓶，绘有石榴，另一面是花卉，寓"多子多福"。有好长时间没有收到了，今天拥有这个很开心。

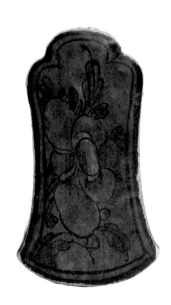

昨天去忻州一个也没买到，今天在南宫市场得到一个！这件是木胎制作，品相不错，所绘花卉很漂亮，购买过程中有青岛老赵和晋华帮忙，很开心。

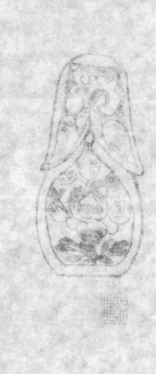

这是一款木胎刻的物件，造型较为普通，所绘花卉图案尚可，中间缺一个插针的布囊。令我诧异的是它没有上金漆，按常理来说，上金漆后既漂亮又能很好地保护器物，为什么会没有上呢？是工匠粗心，忘了一道程序吗？那就真是太遗憾了。抑或是因为家贫，上不起这道漆。又不想让自家女儿受委屈，也要有一个针箍子。如果是这样，我觉得更应该珍惜了。也可能还有别的情况，这个物件给我们带来了怎样的信息呢？

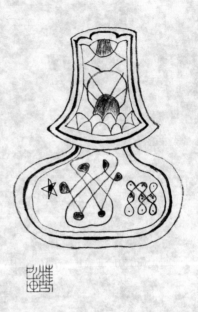

长长久久。2012 年 7 月 29 日，10 元购于南宫。

2018年6月17日在南宫市场买到。今天我们起得早，八点半就到南宫了。摊主是忻州人，狮子大开口，三个要800元，经过艰难的讨价还价，以500元购得。这个漆水很好，绘画一般，造型普通，年代不远。今天还买到两副白铜画钉饰，花300元，澄泥砚一方1000元。

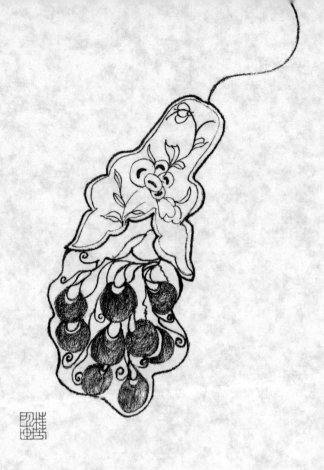

这是南宫市场关闭日的纪念品。2019 年 12 月 29 日，100
元购于南宫。

木胎，雕刻成形。中心掏空，以适合放布囊，上面插针。外形做成自己喜欢的形状，然后绘画上色，髹漆，就完成了。木料材质的物件多画花卉。

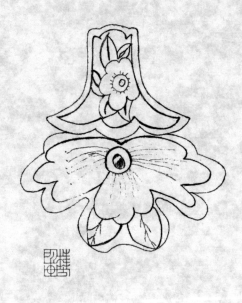

摊主提供了一条重要信息，他认识一个会制作针箍子的老人，可以带我们去拜访。老人姓郭，开了一个"聚仁德忻州古玩店"，在智村古玩市场。2011 年 5 月 29 日，50 元购于南宫。

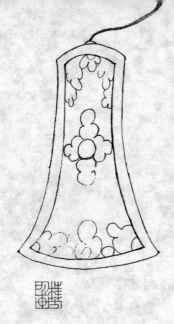

好久没有收到符合收藏标准的针箍子了。今早逛摊，寻到一个，开心是自然的喽！这件品相不错，虽然绘画略显简单，但漆水很好。整体呈"钟"形，意寓"终身富贵""花开富贵"。此款造型简洁、雅致，尤以收腰线条漂亮，做工精细，针脚利落，漆色明亮。2011 年 5 月 8 日，50 元购于南宫。

双葫芦造型，草书吉语，线条流畅，草法高古，只是品相稍差，已辨不清字迹。从绘画线条和漆面判断，当为清中后期所制，非常难得。

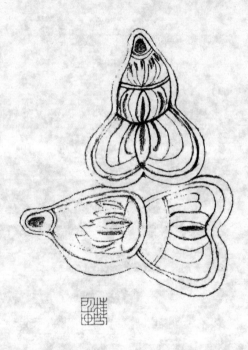

双葫芦造型。玲珑、精致、品相好，招人喜欢。意寓"福禄连连，多子多福"。黑漆做底，用金漆线条作画，线条很流畅。又点缀红漆，使画面看着很协调。

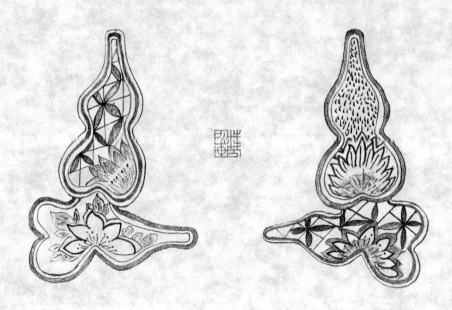

黑底金绘小精品。2022 年 2 月 3 日，购于忻州古城。

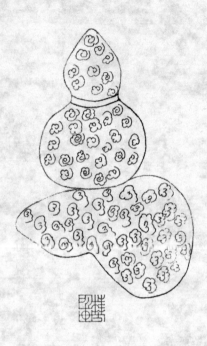

这两款是先生和画家李贵文老师在头道巷古玩城购得。器形较大，均为双葫芦造型。用细线画出祥云图案，与北京奥运火炬的图案很接近，且称"祥云针箍"。两件物品从器型、图案等方面都很相像，似双胞胎。从胎的纸质与漆作工艺看，时间不会很久远，或为当代做的仿古商品。应该还有缠线的功能？

这是一位巧人的作品，双葫芦造型，整体品相不错。可惜的是上面的葫芦有一面金漆脱掉一大块，稍显美中不足。这个"双福"是等了十几个星期才得到，很不容易，摊主开价 60 元，我出 25 元，摊主的同伴劝他 30 元卖，有一老者帮我砍价 25 元未买成，最终还是以 30 元成交。价是越来越高了！我打听到他们能找到曾经使用过这物件的老人，又听他同伴说他家有十几个，这些信息是意外收获。一位画家朋友说，这一款是描金的，制作工艺很复杂，要先画线，再描金，后添色才能完成。工艺复杂，画风独特。2007 年 5 月 6 日，30 元购于南宫。

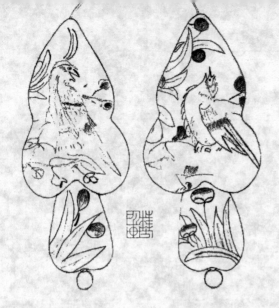

它的特别之处是里外结构。放针的部分呈筒形，且是金漆，有绘画，平时完全藏在了呈葫芦形的器物中。虽然整体品相差一些，但制作过程还是用了心思的。

造型特别，首次见三个葫芦，曰"洪福齐天"，漆色用忻州话说是"明油儿"的。2020 年 4 月 2 日，300 元购于智村古玩城。

2006 年 9 月 17 日，我们夫妻二人一大早起床，赶到南宫，这里已是人潮涌动，川流不息了，我们顺着人流挨个细瞧，先发现了一个。喜，拿起又一看，品相太差，造型一般，遂放弃。接着逛，又发现了一个，是一条鱼的造型，很精神。咦！怎么拔不开？原来是不知谁把人家上下部给很野蛮、粗糙地缝到一起了，破坏了整体效果，遂放弃。后又看到两个，都因品相差，造型一般，放弃。逛摊时碰到熟人，奇怪我们今天赶场早，老公说："起得早，不一定身体好。"一无所获，郁闷，是我们的要求高了吗？此件是 2006 年 3 月 14 日，20 元购于忻州安邑村。

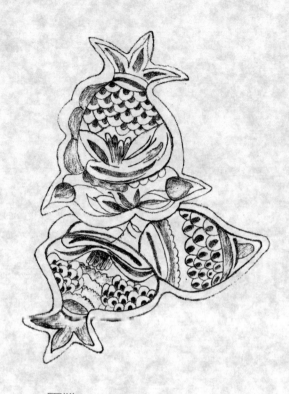

双石榴造型，设计巧妙。2009年12月27日，30元购于南宫。

去年（2019）冬天，中国发生了很严重的疫情感染，一种号称"新型冠状病毒"（简称"新冠"）的病毒肆虐。武汉最先爆发，1月24日（除夕）武汉封城，全国各省医疗资源支援武汉，武汉医务人员感染，防护用品缺乏，医院病患人满为患，得不到救治。太原重大事件一级响应，各大药店已经买不到口罩、75%酒精等消毒用品，各大超市里84消毒液、滴露等消杀用品柜已经空空如也。街道上车很少，偶有行人也是"全副武装"，行色匆匆。各小区街道都设岗，发证，严防病毒的输入输出。小弟不顾危险及时送来了酒精、N95口罩等防疫消杀物品，雪中送炭。

因过春节，婆婆的保姆回家了，姐姐正月初八去了杭州，两兄弟轮流陪着伺候婆婆。必须两天出入一次小区，找着开门的店，买足蔬菜、水果。保姆的家在平遥宁固镇，是山西的疫情重灾区，在山西确诊的133人中，有一半就是平遥的。平遥有很多人在武汉做生意、打工，保姆的儿子女儿都在武汉。发现疫情后，平遥严防死守，做得很严密细致，没有输出一例。2月底，国家要求复工，哥哥也到湖南了。3月初，我们接回了保姆。3月底，疫情得到控制、缓解。4月22日，春暖花开，我俩开车到忻州古玩城，一无所获。到智村古玩城，开门的商户有十几家，店主都聚集在一起聊天、打扑克，没戴口罩，也不防护，和平时一样，只是没有其他客人而已。我们戴着口罩，拿着消毒酒精，倒像不正常了。毕竟疫情还未解除，好在与店主大都相识，在一老相识的店中，发现有五个。漆好是购买的主要原因，用店主的话说这漆是"明油儿"的，价钱贵得令人咋舌，心痛。疫情期间所买，实属难得，还发了朋友圈。

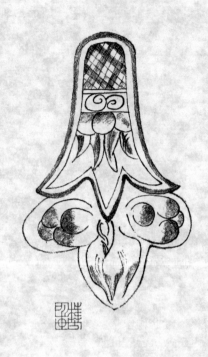

打开针箍子，在插针的针舌上写有"大子"两字。这是否给我们提供了一个信息：在晋北，很多年前，母亲在儿子成亲之前，是要给未来儿媳准备礼物的？

多子多福。2019 年 6 月 2 日，30 元购于南宫。

皮质，单体式。双面绘小写意飞鸟，专业水准，内容应为"鹌鹑啼日"，从绘画技法看，应为民国年间所制。2005年9月5日，20元购于南宫。

皮胎。葫芦型。一面绘喜鹊登梅，另一面是盛开的菊花，上方有一只蝴蝶飞舞。金漆的颜色与纸胎、布胎、木胎的物件相比较更显发黄。2011 年 9 月 20 日，20 元购于南宫。

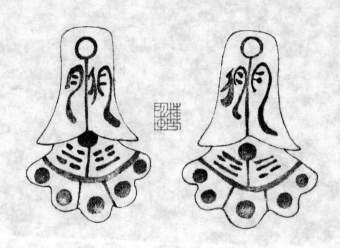

此款比 579 页藏品稍小一些，但风格与其相近。上半部分几乎相同，而下半部分表现的是卦象，在这项研究中，又开辟了一个新的课题，感觉很好，有待进一步研究。在购买时，两个在同一个摊上，打眼一看，挺招人眼，我还以为是新做的，拿起来仔细看，发现是老的，收了它。2008 年 3 月 30 日，25 元购于南宫。

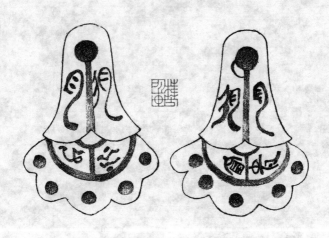

这一个与以往的任何一个都不同，和575页藏品是双胞胎。主要表现在绘画上，所绘图画上下部分呈一体，为八卦。双面都写有字，除"富贵"二字能依稀认出，其他都不能确定，请教了多位书法家也没辨认明白。先生说要查一部《六十四卦经解》的书，才能明白。

時晞知意

2008年3月21日，星期五。有消息传来说忻州定襄有东西，一大早就出发前往。出了拥挤的太原市区，上了高速路车开起来就畅快多了，舒适的车里适宜睡觉，说话之间就眯着了。不知过了多久，醒来望向车窗外，田野、沟壑间都是白茫茫的，一派冬日景象。昨天不是"春分"吗？怎么会下雪呢？太原到忻州不过百十公里，景象却是大不同。春天的雪景也是另有一番气象，我们同行几人讨论着，这雪也不知对农作物生长好不好，对春耕春种缓解旱情应该是有益的，感叹对农事已经很不懂了。下了高速公路，被告知因修铁路去定襄的公路断开了，需要绕道另一边进去。平常两个半小时的路，足足走了三个半小时。接近中午，到了小李家，他拿出了一些旧书、碑帖、扇子，都是原来见过的，且要价奇高，空手而归。早就听人说定襄有个二妮子饭馆，她家的大骨头、莜面饺子很有名，先生说买不着东西找着二妮子饭馆饱饱口福也不枉来一趟。于是来到饭馆，要了两大盘大骨头，一盘牛肉，一份烩菜和荞面河捞。尝过后都说一般般，没有自己做的好。只是觉得二妮做的荞面河捞不错，做的过程也是用老式的河捞床子，要人坐上去才能压得动，食客纷纷拍照，很有意思。在去往智村古玩城的路上堵着很多运煤车，在去不去的犹豫中还是选择了去。刚走到院里就听见有人喊，"要针箍子的来了！"很是热情。但终究是空手而归。后来又到了老赵家，也是一无所获，他给我们指了一条小路，躲过了堵车区。后来在忻州花150元买到一枚印章，虽无甚收获，但是开阔了视野。难得春天的雪景，雪化后滋润着大地，苏醒的泥土散发着芳香，令人心旷神怡。久住城市，难得有这样好的享受了！

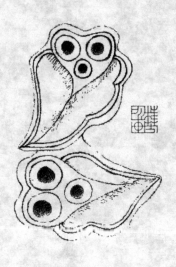

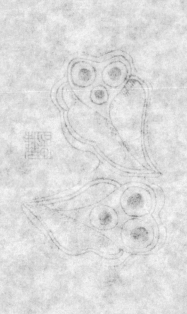

这个物件造型很奇特，奇就奇在谁也不敢肯定它是什么。我觉着它是飘浮的两朵云彩，云中蕴涵着雨露、太阳，表达了人们祈盼风调雨顺，五谷丰登的美好愿望。也很像荸荠，又像是一双眼睛撩开薄幕，好奇地望着这多彩的世界，充满遐想。先生说是孔雀的尾羽，女儿说是猫头鹰，抑或是葡萄、桃子，很有意思，仁者见仁吧，看似简单却不简单。

这个漆水不错，只是针舌部分已全部被虫蛀掉了，很可惜。所绘的图案很有意思，一对大眼睛特别招人，像是孩子画片里的风婆婆，或是云姐姐。卡通形象谁也说不好是什么，想象吧。表面有"于双凤记"针划款识，未伤及底漆。

祈祷"年年通顺，日日平安"。2006 年 4 月 6 日，30 元购于南宫。

关键词：十九年、木牌、兔、杂耍、菊。

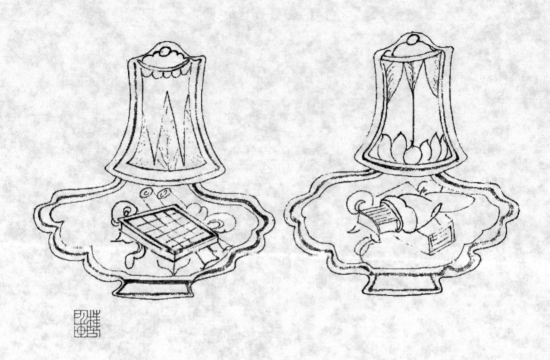

双面绘琴棋书画，是诸多物件中最具雅意的一件。2006年3月14日，购于忻州安邑村。

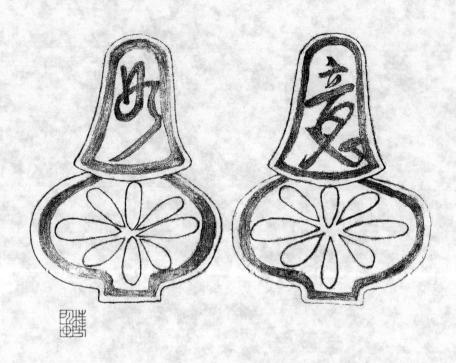

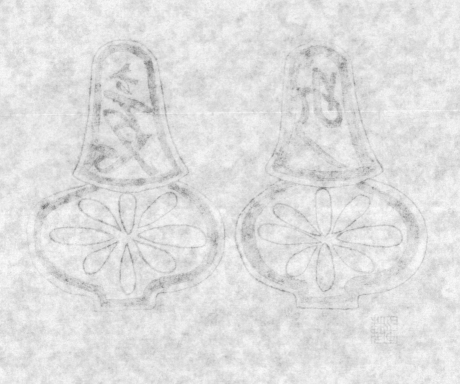

双面"如""意"，书法尚可。2006 年 4 月 9 日，30 元购于南宫。

2006 年 5 月 27 日，星期六，意外的收获，之前星期六从未收到过，仅此一次，因卖家多周日出摊。本款木胎，缺一内囊。

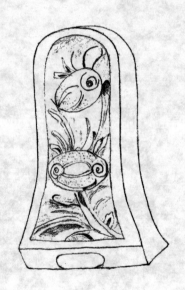

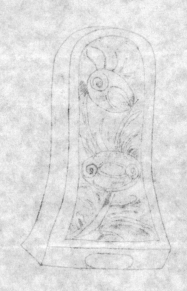

我在买另一个时，我先生已眼疾手快将这个买下，送到我面前。这款是木胎制作，上绘有金鱼戏水图案，造型极佳，里面应有一棉制软袋。

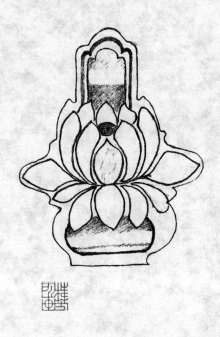

新见的工艺品种，以纸筋模压而成，压制花纹线条清晰，设色沉静，有木质的感觉。2006年8月19日，购于智村古玩城。

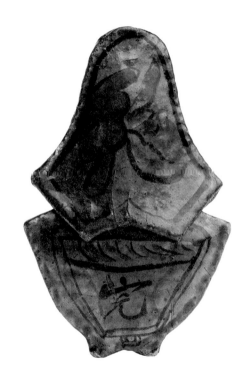

最直观看到的是个"完"字，起初不能理解其意，是完美？完全？完整？抑或是像国外有人纹身"桌"字，只因喜欢这个汉字的形状，或只是偏爱此字？在勾画过程中，发现它是一个碗的图案，盛满了饭，这是要表达"足食"。这个意思下，"完"亦同"碗"。下部造型像鼎、也像粮仓，上半部造型似铠甲，绘翩翩飞舞的"彩"字，是表达"丰衣足食"还是保佑我们的"饭碗"。

这应该是一对，形状也与以往的不同，称其为针筒更确切。昨天刚下过有些规模的雨，地上还是湿漉漉的，小心翼翼地逛地摊。西北角上一摊点有人在拿着这两个针筒看，也吸引了我的目光，同时摊上还有一个造型不错的针箍子，他也拿起来看，心里有一丝紧张，生怕被人家买走。看那人放下了，我折回来问价，砍价，终于得手。后来孟老师看到，问多少钱。我说30元。他说上次他就看到了，他出10元，人家要15元卖他，他未买，且说还有三四个。晕啊，不平衡啊！王志刚老师来，问他多少钱可以买，他说"一个80元"。这一下感到心理平衡了。咳！老公出差回来不知怎么说呢！

　　造型与其他不同，应为当代工艺品。漆是化学漆。

长命锁造型，应取自传统银锁样式。山西有开锁的习俗，是给年龄到 12 岁的男孩儿进行的一种智力启蒙，是大人对孩子即将步入少年时代的祝福。

　　2007 年 1 月 30 日，30 元购于忻州。

买这一件时特别有意思。2006 年 3 月 12 日，我们两口子逛南宫旧货市场，发现了它。我问："怎么卖？"摊主答："50 元。"爱人还价："5 元。"摊主说："成交。"买卖过程极短，我笑称"一分钟的买卖"，爽！

这一类型的杰出代表，直板型。漆水、绘画、品相都很好，尤其是绘画，用没骨法绘成文人铭志的竹和菊，顶部绘首尾相交的阴阳鱼，构图巧妙，文气十足。这应该是村里"知识分子"的作品。购买的过程也很有意思，摊主开价 100 元，我站起即走。他说："你给多少？"我说："20 元。"他说："拿给你。"我先生在旁边说："你这价格水分也忒大了吧？"真有意思。（2023 年 2 月 19 日逛古玩摊，又遇到一个，从品相、绘画、漆水都无法与它相比，但价钱要 300 元，不讲价。）

2019 年 12 月 29 日，星期日。今天很有可能是南宫市场营业最后一天。没吃早饭就来逛地摊了，摆地摊的、逛地摊的都是一样的心情——不舍！留恋这 23 年来地摊带给我们的美好时光，朋友们纷纷合影留念，依依惜别！这件品相差，漆不错，所绘菊花、荷花也还可以。往日，这个品质的不要，今天日子特殊，20 元收了，以示纪念。

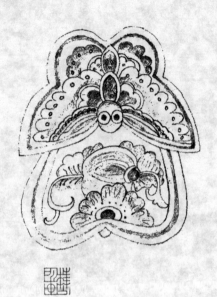

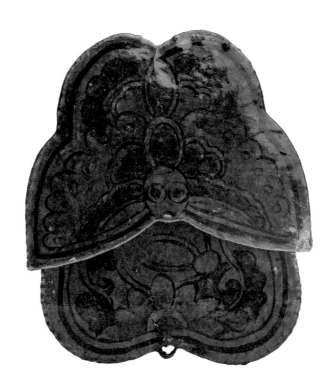

造型为扁胖型，大气。绘画是蝴蝶与花卉，较多见。品相与漆水都不错。2010 年 7 月 18 日，45 元购于南宫。

莲花童子画得像莲花老僧。漆水尚可，只是上下部漆水有差别，可能是刷漆厚薄的原因。2010 年 5 月 30 日，购于南宫。

品相一般。以黑漆打底，金漆绘画，典型的黑底金绘。花篮、花卉用色较少，图案呈传统中轴对称。

2009 年 12 月 27 日，购于南宫。

2008 年 7 月 27 日，35 元购于南宫。

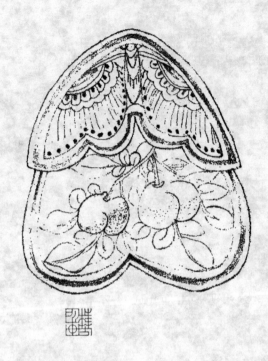

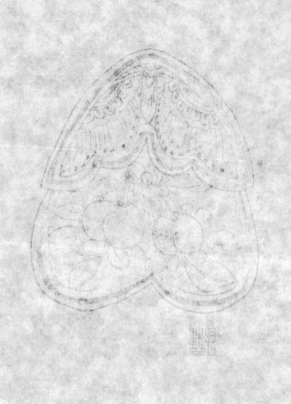

一早逛地摊就发现了两个，摊主要价很高，先放下回店，开门迎客。等到中午吃饭时分，下来看到摊主正在收摊，以50元两个的价买到。现如今价格高涨，能用这个价钱买到已经是很开心了。

器型大，宽约 8 厘米，长约 11 厘米，这种方形的物件也较常见。2018 年 5 月 13 日，朋友赠送。

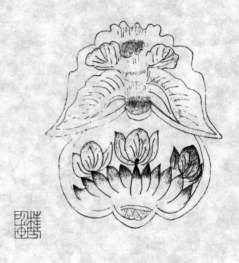

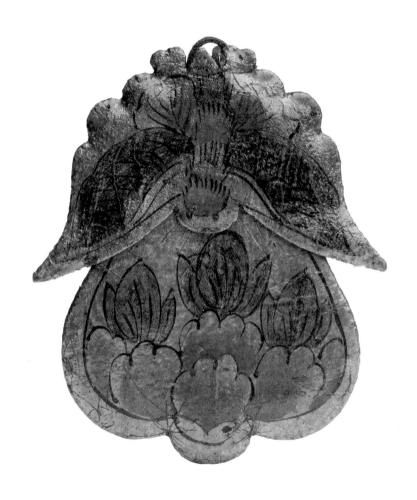

蝶恋花。2010 年 5 月 30 日，购于南宫。

当时购买时，摊主要价 15 元，只因第一个花了 100 元，价也没还，拿上就走人，心里感觉差价太大，像是白捡。此款上部是一只蝴蝶，下部是一朵盛开的花，取"蝶恋花"之意，很"妥当"。

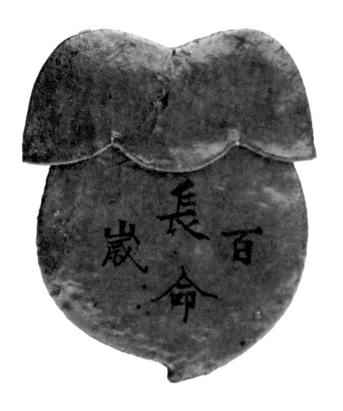

2007 年 6 月 3 日。今日南宫因开会，地摊移到了太原古玩城，一早起来悠闲逛地摊，看到这个疑似的东西，虽然黑眉黑眼土乎乎的，终掩不住其本质功用。拿起细看，确信是针箍子，遂收入囊中。仔细擦干净后，露出了与众不同的本质。金漆很亮，质地很纯净，颜色也漂亮。寿桃寓"长寿安康"，面上恰写有"长命百岁"吉语。

2006 年 8 月 20 日，女儿明天上高中，姥姥、姥爷送一辆自行车，早晨先带她到青年路捷安特销售部挑了喜欢的款式，来市场较晚。好多摊主已在收摊，偶然碰到了这个特大型号的物件。纯素金漆，金锭造型，线条流畅，比例适度，品相不错，当为行商所置办大针大线，商旅使用方便。

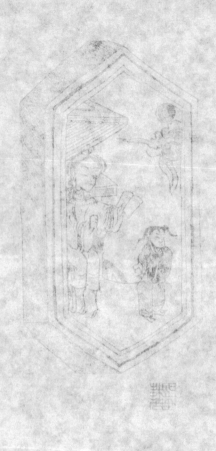

体型较大，绘"三娘教子"图，应为商人差旅途中所用之物。2022 年 2 月 3 日，1000 元购于忻州古城，是所有藏品里最贵的一件。

后 记

○ 原 晋

　　金榜题名时，洞房花烛夜，可谓人生之极乐。然漫漫人生，平常如涓涓细流，岂有时时题名，夜夜洞房。身边有风景，生活有快乐。金漆"针箍子"比之皇室重器，犹如恒河之沙比之巍巍泰山，可十几年来或寻访于乡间，或流连于地摊，得到了"宝物"收获了快乐，一如登顶岱岳，洋洋自得也。人们总是那么焦虑，总能为痛苦找到那么多理由，我们还是为快乐多找些理由吧！

　　身边有美景，快乐在身边，人生几何，及时行乐……

图书在版编目（CIP）数据

　　针藏：金漆针箍子 / 刘桂芳著 . — 太原：三晋出
版社，2023.8
　　ISBN 978-7-5457-2782-1

　　Ⅰ . ①针… Ⅱ . ①刘… Ⅲ . ①民间工艺 – 介绍 – 山西
Ⅳ . ① J528

　　中国版本图书馆 CIP 数据核字（2023）第 162870 号

针藏：金漆针箍子

著　　者：刘桂芳
责任编辑：赵亮亮
责任印制：李佳音
装帧设计：冀小利
封面题签：杨建忠
摄　　影：厉晋春

出 版 者：山西出版传媒集团·三晋出版社
地　　址：太原市建设南路 21 号
电　　话：0351-4956036（总编室）
　　　　　0351-4922203（印制部）
网　　址：http://www.sjcbs.cn

经 销 者：新华书店
承 印 者：北京启航东方印刷有限公司

开　　本：787mm×1092mm　　1/24
印　　张：30
字　　数：100 千字
版　　次：2023 年 8 月　第 1 版
印　　次：2023 年 9 月　第 1 次印刷
书　　号：ISBN 978-7-5457-2782-1
定　　价：330.00 元

ISBN 978-7-5457-2782-1

如有印装问题，请与本社发行部联系。电话：0351-4922268